Der Zauber der Zeit

Das Schattenreich der Vampire 10

Bella Forrest

Englischer Originaltitel: »A Spell of Time«

Ebenfalls von Bella Forrest

DIE SCHATTENREICH-SAGA

Das Schattenreich der Vampire (Teil 1)
Ein Schattenreich voller Blut (Teil 2)
Eine Burg aus Sand (Teil 3)
Im Schatten des Lichts (Teil 4)
Der Glanz der Sonne (Teil 5)
Das Tor zur Nacht (Teil 6)
Der Anbruch des Tages (Teil 7)
Ein Hauch von Novak (Teil 8)
Blutsbande (Teil 9)

Die aktuelle Liste von Bellas Büchern:
www.bellaforrest.de/bella

Tragt euch außerdem auf ihrer Mailingliste ein, um stets über ihre aktuellen Veröffentlichungen informiert zu werden: www.bellaforrest.de

Inhalt

Prolog: Caleb

Tick, tack.

Tick, tack.

Ich saß in meinem Sessel und starrte auf die Wanduhr in der Zimmerecke. Die Stunden schienen dahin zu schleichen und die Zeit zwischen Annoras nächtlichen Besuchen zog sich immer länger. Oder vielleicht lag es einfach nur daran, dass es keine Musik mehr gab.

Niemand wusste, was die Hexe nun vorhatte, da Mona das Schattenreich beschützte. Annora hatte keinem von uns etwas darüber gesagt. Es war mir auch egal, solange ich nur nie wieder in die Nähe dieser Insel zu kommen brauchte. Ich war mir nicht sicher, ob die Entführungen der Menschen wie üblich weitergehen würden, oder ob Annora das Schattenreich weiter belauern würde, bis es ihr gelungen war, es zu überfallen.

Ich vermutete Letzteres. Aber es ging mich nichts an. Ich hatte Annora bereits klargemacht, dass ich von nun an aus den Besuchen im Schattenreich ausgenommen bleiben wollte.

Es klopfte an der Tür.

Ich trank mein Glas leer, bevor ich öffnete. Annora huschte ins Zimmer und setzte sich auf meine Bettkante.

»Ich habe heute nicht so früh mit dir gerechnet«, sagte ich.

»Ich habe gute Laune.« Sie öffnete den Knoten ihres Umhangs und er fiel ihre Schultern hinunter. Sie trug seidene Unterwäsche.

Sie stand auf, knöpfte eilig mein Hemd auf und warf es zur Seite. Sie zog ein Messer hervor und fuhr mir damit über die Brust, wobei sie eine Blutlinie hinterließ. Ich zuckte kaum. Sie kroch aufs Bett zurück, kniete sich hin und deutete mir, zu ihr zu kommen. Ich rührte mich nicht.

»Was?«, fauchte sie.

Ich atmete ruhig, hielt ihrem Blick stand und ließ ihre dunkle Schönheit auf mich einwirken. Ihr langes Haar, die hohen Wangenknochen, die kalten grauen Augen und die sanften Lippen. Wie ich mich nach dieser Frau verzehrt hatte. Sie war einst meine Vorstellung von Perfektion gewesen.

Ich erinnerte mich nicht oft an das Leben, das Annora und ich einst geteilt hatten. Die Versprechen, die wir uns gemacht hatten. Die Pläne, die wir geschmiedet hatten. Aber heute tat ich es. Vielleicht, weil mir Roses Anblick noch so frisch vor Augen stand und ihre sanfte Stimme in meinen Ohren klang.

Rose hielt mich wahrscheinlich für einen Feigling. Schwach. Weil ich davonlief. Weil ich nicht bereit war, für das zu kämpfen, was wir hatten. Ich konnte natürlich nicht erwarten, dass sie etwas anderes von mir dachte. Sie verstand es nicht.

Ich hatte das Verwelken einer Blüte beobachtet. Ich würde nicht die zarten Blätter einer anderen riskieren. Und schon gar nicht, wenn es sich um Rose handelte.

Die Prinzessin hatte mich immer noch in ihrem Bann gefangen und alles, was ich tun konnte, war, mich von meinem Schmerz abzulenken.

In dieser Nacht berührte ich Annora auf eine Weise, wie ich es seit Jahrzehnten nicht getan hatte. Statt meine Klauen auszufahren und sie zu verletzen, hielt ich ihre Taille umfasst und zog sie an mich. Ich fuhr mit meinen Händen über ihren Rücken und fing ihre Lippen mit meinen.

Sie riss die Augen auf und ich glaubte, ein kurzes Flimmern von Gefühl in ihren Augen zu sehen, als ich mich auf sie legte, während meine Lippen immer noch die ihren berührten. Aber es dauerte nur einen kurzen Augenblick lang und ich konnte mich getäuscht haben.

Ich schloss meine Augen und schwelgte in Erinnerungen. *Annora. Das Mädchen, dem einst alle meine Gedanken und jeder meiner Atemzüge gehört hatten, für das ich alles getan hätte. Das Mädchen, das ich zu heiraten geschworen hatte.*

Ich kannte Annora zu gut, als mir einzubilden, dass sie unter meiner Nähe mehr als Langeweile empfand. Aber es war egal.

Sie stemmte sich gegen meine Brust.

»Caleb?«

Ich ignorierte sie. Ich legte mich neben sie und zog sie an mich, während ich weiter ihre Lippen liebkoste und meine Finger durch ihr geschmeidiges Haar fuhren.

Zu meinem Entsetzen erwiderte sie plötzlich meine Küsse. Einen Augenblick lang dachte ich, dass sie es aus Leidenschaft tat, aus Sehnsucht nach mir. Aber dann strichen ihre Hände meinen Rücken entlang und ich spürte Krämpfe in meiner Wirbelsäule aufsteigen.

Sie löste ihre Lippen von meinen und sah mich mit scharfem Blick an.

Ich hätte mir nicht erlauben sollen, etwas anderes von ihr zu erwarten. Das Einzige, was sie erregte, war Schmerz. Gewalt. Also richtete ich mich über ihr etwas auf, stieß ihr meine Fänge heftig in den Hals und presste sie gegen die

Matratze.

Sie stöhnte und wand sich unter mir.

Sie wollte Schmerz spüren. Dann würde ich dafür sorgen.

Sofia

Es gab nicht viel, was wir tun konnten, außer zu warten und das Beste zu hoffen. Wir wussten nicht, wann oder ob die Hexen uns angreifen würden, diesmal mit Verstärkung, und ob Mona in der Lage sein würde, sie abzuwehren.

Unsere Hexen konnten Mona auf jeden Fall nicht dabei helfen, den Zauber stärker zu machen. Die Sicherheit unserer Insel und unserer Leben hing völlig von dieser Hexe ab, die wir kaum kannten.

Derek und ich hatten unseren Teil dazu beigetragen, die Insel auf einen Angriff vorzubereiten. Wir hatten alle Lagerkammern in den Katakomben geräumt und mit Essen, Wasser und Betten aufgestockt. Aber wenn Annora es schaffen sollte, die Insel zu betreten, wäre es nur eine

Frage der Zeit, bevor wir zusammenbrechen würden.

Für den Moment hatten Kiev und seine Leute eingewilligt, zu bleiben. Wir hofften, dass sie ihre Meinung in absehbarer Zukunft nicht ändern würden.

Obwohl wir alle nervös waren, musste unser Leben irgendwie weitergehen. Ben und Rose gingen wieder zur Schule und die Hexen nahmen den Unterricht wieder auf.

Während ich mich bemüht hatte, unsere Gäste besser kennenzulernen, die nun im Nordwesten der Insel lebten, hatte Derek jede Gelegenheit genutzt, um sich in unserer Wohnung zu verschanzen. Wenn er keine Sitzungen oder sonst etwas Wichtiges zu regeln hatte, blieb er zu Hause. Ich musste mir nicht lange den Kopf darüber zerbrechen, woran das wohl lag.

Bislang hatte ich Matteo, Mona und Kiev, seine Geschwister und ein paar andere Vampire besucht. Nun hatte ich vor, Zeit mit Saira und den anderen Werwölfen zu verbringen, und dann wollte ich auf dem Rückweg in der Höhle von Brett, dem Oger, vorbeischauen.

Bevor ich die Wohnung verließ, steckte ich den Kopf in Dereks Arbeitszimmer.

Er saß an seinem Schreibtisch und las sich durch einen Stapel von Papieren. Ich näherte mich und blickte ihm über die Schulter. Ich erkannte Elis sorgfältige Handschrift. Derek hatte sich früher am Tag mit Eli getroffen, um unsere Wachstationen rings um die Insel zu bewerten.

Ich schlang meine Arme um Dereks Hals und küsste ihn sacht unter sein rechtes Ohr.

»Hey«, flüsterte ich.

»Du flüchtest dich in die Verführung, Frau Novak?«, murmelte er, sah aber nicht von seiner Arbeit auf. »Ich dachte, dass du mehr Klasse hast.«

Ich lachte und schlang meine Arme noch fester um seinen Hals. »Was hältst du von meiner Flucht in die Gewalt?«

Er legte den Kopf in den Nacken und sah mit seinen blauen Augen zu mir nach oben. Langsam hob er eine Augenbraue.

»Einen Versuch ist es wert, mein Schatz. Aber ich würde es dir nicht raten, wenn du Wert auf deine Frisur legst…«

Ich kniff ihn in die Wangen und zog ihm eine Grimasse. Ich konnte nicht aufhören zu grinsen, als ich mich neben ihn kniete. Ich nahm seine Hand vom Schreibtisch und hielt sie fest.

»Derek, im Ernst. Du bist der König dieser Insel. Sie sind jetzt deine Untertanen. Du musst sie kennenlernen.«

»Es ist nicht nötig, dass wir beide sie kennen. Du bist die Königin. Meine bessere Hälfte. Meine Repräsentantin. Dein Handeln gilt genauso wie meines. Es ist pure Zeitverschwendung, wenn wir beide dasselbe machen. Außerdem habe ich bereits mit Matteo gesprochen. Und was Kiev angeht, weiß ich mehr über diesen Vampir, als ich jemals vergessen könnte.«

»Du kennst ihn nicht. Er hat sich verändert.«

»Scheint so. Aber du hast mir seine Geschichte bereits erzählt. Mehr brauche ich nicht.«

»Aber Derek-«

»Sofia, ich bin ihm nichts schuldig. Er steht in unserer Schuld. Darum hat er getan, was er getan hat. Jetzt sind wir quitt.«

Ich seufzte und stand auf. Es schien, dass Derek lieber eine Handvoll Nägel schlucken würde, als meinem Vorschlag zuzustimmen. Ich ging hinter seinem Stuhl entlang, während er seinen Blick wieder auf die Papiere richtete. Ich legte meine Hände auf seine Stirn, strich ihm das dunkle dichte Haar nach hinten und küsste ihn.

»Okay, Schatz. Ich werde nicht weiter versuchen, dich zu zwingen. Ich hoffe nur, dass du und Kiev eines Tages bereit sein werdet, euch als das zu akzeptieren, was ihr seid... Familie.«

Derek schwieg weiter.

Ich verdrehte die Augen und verließ das Zimmer.

Seit der letzten Sitzung hatte Derek alle meine Anläufe ignoriert, ihn zu einer weiteren Begegnung mit Kiev zu bewegen. Und andersherum war es genauso. Die Wahrheit war, dass mich die Sturheit der beiden Männer zwar frustrierte, aber so langsam begann sie auch, mich zu erheitern. Kiev und Derek konnten eine passive Aggression abziehen, wie ich es noch nie vorher erlebt hatte. Als ich allein unsere Wohnung verließ, war ich noch genauso entschlossen, die beiden irgendwie zusammenzubringen. Und etwas sagte mir, dass ich Spaß dabei haben würde…

Ich fuhr im Fahrstuhl nach unten und ging durch den Wald in Richtung der Gästeresidenzen. Mein Vater näherte sich dem Baumhaus von Yuri und Claudia.

»Hallo, Dad«, rief ich.

»Hallo, Sofia«, sagte er. Er sah erschöpft aus, seine Haut war grau und seine Augen von Müdigkeit gezeichnet.

Ich umarmte ihn und küsste ihn auf die Wange. »Alles in Ordnung bei dir?«

»Ja«, sagte er und lächelte matt.

»Ich bin auf dem Weg zu einem Treffen mit einigen Werwölfen«, sagte ich.

»Sehr gut. Dann will ich dich nicht aufhalten, Schatz. Ich wollte Yuri einen kurzen Besuch abstatten.«

»Wir müssen uns wirklich mal wieder Zeit füreinander nehmen.« Ich konnte mich kaum daran erinnern, wann wir zum letzten Mal gemütlich beisammen gesessen und Zeit miteinander verbracht hatten.

»Das machen wir.«

Ich umarmte ihn und wir trennten uns.

Ich rannte etwa zehn Minuten, um den Küstenstreifen zu erreichen, an dem sich die Häuser der Werwölfe befanden. Ich machte mich direkt zu Sairas Haus auf. Ich klopfte dreimal und wartete. Keine Antwort. Ich versuchte, durch ein Fenster zu spähen, aber die Vorhänge waren zugezogen. Ich klopfte erneut. Immer noch keine Antwort. Ich klopfte am Nachbarhaus. Auch dort reagierte niemand. Ich klopfte an den nächsten fünf Türen. Aber niemand öffnete. Stirnrunzelnd betrat ich den Strand.

Eigenartig. Vielleicht weiß Matteo, wo sie ist.

Ich ging den Strand in Richtung der Häuser der Vampire entlang, als ich in der Ferne ein großes Lagerfeuer entdeckte, um das herum sich eine lachende Gruppe versammelt hatte.

Brett, der Oger, stand über das Feuer gebeugt, spießte einen Fisch auf und hielt ihn in die Flammen. Er trug eine fleckige Weste über seiner braunen Brust und dazu eine schmutzig aussehende Hose, die viel zu zerrissen war.

Ich schaute auf die Gruppe. Sie alle waren Werwölfe – da es Tag war, noch in ihrer menschlichen Form, zum Glück. Ich fühlte mich noch nicht wohl dabei, ein Gespräch mit einem riesigen Wolf zu führen. Ich hatte mich noch nicht daran gewöhnt, wie sie mit ihren tiefen, rauen Stimmen antworteten.

Sie hörten auf zu reden und zu lachen, als sie mich kommen sahen. Ein unangenehmes Schweigen folgte. Es wurde von Brett gebrochen, der auf einen leeren Fleck nah am Feuer zeigte. »Setz dich.«

Alle Blicke waren auf mich gerichtet, als ich mich in den

Sand setzte. Ich war froh, Saira nur wenige Meter von mir zu entdecken. Ihr pummeliges Gesicht strahlte.

»Hallo, Sofia.«

»Hallo.«

Der Rest der Gruppe nahm die Unterhaltung wieder auf, obwohl mir immer noch neugierige Blicke zugeworfen wurden.

»Und, wie findet ihr das Schattenreich bis jetzt?«

»Sehr gemütlich. Unsere Unterbringung ist auf jeden Fall weit luxuriöser, als wir es gewöhnt sind.«

»Gut.«

Wir durften keine Mühen scheuen, um sie alle so zufrieden wie möglich zu halten.

Bislang hatte es keine Berichte von Angriffen ihrer Vampire oder Werwölfe auf unsere Menschen gegeben, was einen Teil von mir durchaus überraschte. Obwohl sie versichert hatten, dass sie alle zahm waren, hatte ich doch noch Zweifel gehegt. Aber sie schienen auf ihrem Teil der Insel zu bleiben und sich nicht um unseren Teil zu kümmern.

Der Oger röstete mehrere Fische gleichzeitig. Ich nickte zum Feuer hin.

»Wie ich sehe, seid ihr gut versorgt.«

»Ja«, sagte Saira. »Der Fisch und das Fleisch hier… schmecken ganz anders, als wir es kennen. Aber wir gewöhnen uns daran.«

»Der Fisch ist leichter zu fangen«, sagte eine Stimme links von mir.

Ich drehte mich um, um zu sehen, wer gesprochen hatte. Ein schöner junger Mann – er schien nicht älter als zwanzig zu sein – mit blonden Haaren, die sein Gesicht einfassten. Er hatte eine breite Stirn und nussbraune Augen.

»Wie heißt du?«

»Micah.«

Ich streckte meine Hand aus und lächelte.

»Freut mich, dich kennenzulernen, Micah.«

Es war eine angenehme Überraschung, zu sehen, wie leicht unsere Gäste zufriedenzustellen waren. Sie schienen dankbar dafür zu sein, dass sie saubere Betten, frisches Wasser und Nahrung hatten; die Grundversorgung, die alle anderen im Schattenreich als selbstverständlich ansahen.

Brett begann, Spieße an die Werwölfe zu verteilen, die sich hungrig darüber hermachten.

Er sah mich entschuldigend an.

»Schade, dass du nicht probieren kannst. Es ist köstlich.« Er leckte sich seinen Finger ab, nachdem er drei Fische vom Spieß genommen und serviert hatte.

»Das ist nett von dir, Brett.«

Ich musste gestehen, dass ich richtiges Essen wirklich vermisste. Oft. Blut war eine langweilige Sache. Insbesondere Tierblut. Nahrungsaufnahme war für uns nur Energiezufuhr. Aber es war kein Genuss. Ich hatte ein paar

Mal versucht, normales Essen zu probieren, aber meine Reaktion glich der von Derek, als ich ihm einmal ein Stück Toast in den Mund gestopft hatte. Es schmeckte nach nichts und ich konnte es nicht verdauen. Ich hatte versucht, mein Lieblingsfrühstück zu essen, Toast mit Schinken, aber danach hatte ich jedes Mal tagelang furchtbare Bauchschmerzen gehabt.

Ich rutschte ein Stück hinüber zu Micah, als Brett auf mich zu tapste und versuchte, sich auf einen freien Fleck zu setzen, der definitiv zu klein für ihn war.

Ich sah ihm mit einer Mischung aus Neugier und Ekel zu, wie der Oger sein Essen verschlang. Es war faszinierend, wie er seine Hauer benutzte. Seine anderen Zähne schienen recht stumpf zu sein. Er presste seine Hauer gegen den Fisch, wobei er das Fleisch in Stücke riss.

Kein Wunder, dass er so viele Fettflecken hat.

»Micah hat die Fische gefangen«, sagte er mit vollem Mund, während er einen klebrigen Finger in Micahs Richtung ausstreckte und dabei kleine Fleischstückchen auf den Rücken einer Werwölfin spritzte, die vor ihm saß.

»Igitt! Brett!« Sie stand auf und begann sich zu schütteln. Dann strich sie sich das Fleisch weg, das ihr in den Kragen gefallen war. »Wie oft habe ich dir schon gesagt, dass du dich nicht hinter mich setzen sollst, wenn du isst?«

»Entschuldigung«, brummte er und wischte sich den Mund mit seinem Westenzipfel ab.

Ich musste mir ein Lachen unterdrücken. *Ich glaube, ich mag Brett.* Er schien auf jeden Fall der sanfte Riese zu sein, so wie Matteo und Saira ihn beschrieben hatten.

»Micah, du bist also Fischer?«, fragte ich.

Micah lächelte. »Ja, so könnte man es nennen.«

»Er ist der Beste, den wir haben«, sagte Saira anerkennend. »Er kommt immer mit den saftigsten Fängen zurück...«

Ich unterhielt mich noch etwa eine Stunde mit Saira, Brett und Micah, bevor ich aufstand und mir den Sand aus den Kleidern schüttelte. Sie alle schienen mehr als zufrieden mit ihrer Unterbringung zu sein. Niemand äußerte irgendwelche Beschwerden, auch nicht, als ich die ganze Gruppe befragte. Meine Arbeit mit den Werwölfen war vorerst getan.

Mir schwebte immer noch die Idee durch den Kopf, Derek und Kiev zusammenzubringen, und so entschloss ich mich zu einem ungeplanten Besuch bei Kiev, statt direkt nach Hause zu gehen.

Mona öffnete mir die Tür.

»Hallo, Sofia. Was führt dich hierher?«

»Ich würde gern noch einmal mit Kiev sprechen. Es geht um Derek.«

»Oh«, sagte sie mit wissendem Blick und verdrehte die Augen. »Na dann viel Glück.«

Sie schob die Tür weiter auf und ließ mich hinein.

»Kiev!«, rief sie die Treppe hinauf.

Ein Riegel quietschte und eine Tür ging knarrend auf. Ich hörte die Dielen über mir knirschen und dann kam Kiev die Treppen hinunter. Seine dunklen Haare waren nass und er trug nichts außer einem Handtuch, das er sich um die Hüften geschlungen hatte.

»Du hättest dir ruhig etwas anziehen können«, sagte Mona und rümpfte die Nase bei Kievs Anblick.

»Frau Novak hätte ihren Besuch ja auch frühzeitig ankündigen können«, erwiderte er, den Blick auf mich gerichtet.

Sie verdrehte die Augen und sah wieder zu mir. »Es tut mir leid, Sofia. Kievs Manieren sind noch in der Ausbildung… Nun gut, ich werde euch beide allein lassen und sehen, ob noch was von Bretts Essen übrig ist.«

Ich wünschte mir, dass sie nicht gehen würde. Ich fühlte mich sehr unwohl dabei, mit dem halbnackten Vampir allein zu bleiben.

Ich richtete meinen Blick von seinen straffen Muskeln auf den Boden und ging dann zügig ins Wohnzimmer. Er folgte mir und zog sich einen Stuhl am Esstisch zurück. Dann deutete er mir, mich zu setzen. Ich setzte mich aufs Sofa, auf der anderen Seite des Raums, so weit wie möglich von ihm entfernt. Er lehnte sich gegen den Esstisch und verschränkte seine Arme vor der Brust, wobei er mich von oben anschaute.

»Und? Was möchte Eure Hoheit von mir?«

»Es, ähm, geht um meinen Mann.«

Seine Stimmung verschlechterte sich augenblicklich. Sein Kiefer zuckte und seine Armmuskeln spannten sich an.

Der Name meines Mannes war schon immer ein rotes Tuch für Kiev gewesen. Ich erinnerte mich, wie er gewalttätig geworden war, als er mich im Blutverlies bewacht hatte.

Ich ignorierte seine Reaktion und fuhr fort. »Ich versuche, einen Weg zu finden, um die Dinge für euch beide und alle anderen weniger unangenehmen zu machen, und dazu bräuchte ich deine Unterstützung.«

Sein Blick veränderte sich nicht.

»Hör auf, in seiner Gegenwart so passiv aggressiv zu sein. Ich werde versuchen, auch ihn dazu zu bringen. Aber es würde mir die Aufgabe sehr erleichtern, wenn du mir entgegenkommen würdest. Kiev, ich bitte dich nicht, dass ihr Freunde werdet. Ich bitte euch beide nur, euch wie Erwachsene zu verhalten.«

Es folgte Schweigen. Sein Blick ruhte weiterhin auf mir und sein Gesicht war ausdruckslos. »Ist das alles?«

»Ja.«

»Dann kannst du mich jetzt allein lassen, damit ich mich anziehen kann.«

Ich starrte ihn an. Ich brauchte keine Hellseherin zu

sein, um zu wissen, dass er keinen Zentimeter von seiner Position abweichen würde.

Ich stand auf und ging zur Ausgangstür. Er machte keine Anstalten, mir zu folgen, also schloss ich die Tür hinter mir. Ich seufzte und blickte aufs Meer hinaus. Es war wie der Versuch, zwei Berge zu bewegen.

Wie soll ich das nur schaffen?

Ich war in Gedanken verloren, als ich am Strand zurückging. Ich hatte wieder kein Glück gehabt, aber als ich an unserem Haus ankam, ging es mir plötzlich auf. Es war so offensichtlich, jetzt, wo es mir eingefallen war.

Wenn die beiden Männer ihre Egos nicht beiseiteschieben können, dann muss ich ihnen eben neue Egos verpassen…

Ich konnte mir nur schwer das Grinsen verkneifen, als ich unser Penthouse betrat.

Caleb

Nachdem Annora gegangen war, fuhr ich mir mit dem Daumen über die Lippen und weckte die Erinnerung an die wenigen Sekunden, als sie meinen Kuss erwidert hatte.

Ich versuchte einzuschlafen. Aber ich dachte weiter an sie und an die Nacht, in der sie sich entschieden hatte, mich für immer zu verlassen.

Sie hatte etwas von sich verloren, als ich sie in einen Vampir verwandelt hatte, aber sie war immer noch mein gewesen. Sie war dunkel geworden, aber sie liebte mich noch. Sie küsste mich immer noch, als wenn ich der einzige Mann in ihrer Welt wäre. Aber als sie sich den Hexen übergeben hatte, konnte ich sie nicht mehr wiedererkennen.

Bis zum heutigen Tag wusste ich nicht, was sie mit ihr gemacht hatten. Sie hatte mir erzählt, dass sie zugestimmt hatte, zu einem Medium zu werden – eine der mächtigsten Hexen ihrer Art, die ihre Mächte von den Alten selbst erhielten. Sie wollte mir nicht erklären, was genau diese Verwandlung bedeutete. Es war ihr verboten, darüber zu reden. Aber als sie aus der Verwandlung hervorkam, war sie eine leere Hülle gewesen.

Meine Gedanken schweiften zu der blonden Hexe, Mona, ab. Ihre Kräfte waren ihr gleichgestellt, wenn nicht größer als Annoras. Ich fragte mich, ob auch sie dieselbe Einführung durchlaufen hatte. Sie schien immer noch Leben in sich zu haben.

Was ich dafür geben würde, Annora auch nur für eine Stunde wieder bei mir zu haben. Nur einen kleinen Teil des Mädchens, das sie gewesen war…

Meine Gedanken wurden unterbrochen, als ich die Tür knarren hörte. Ich blickte auf und sah Annora, die auf mein Bett zukam.

Ich setzte mich auf. »Was?«

Tränen glitzerten in ihren blutunterlaufenen Augen. Sie stank nach Alkohol. Sie schwankte vorwärts und setzte sich auf die Bettkante.

Um ehrlich zu sein, genoss ich nur dann Annoras Gesellschaft, wenn sie sturzbetrunken war. Obwohl ich nie etwas anderes als Schmerz an ihr bemerkt hatte, tröstete es mich, zu sehen, dass sie Gefühle hatte. Es war eine willkommene Abwechslung zu der eiskalten Frau, die sie nüchtern war.

Ich berührte ihr Haar und strich es ihr aus dem Gesicht.

Ihre Unterlippe zitterte. »D-du hast nicht gefragt, warum ich gute Laune hatte«, sagte sie.

Ich schaute sie an. Sie hatte Recht. Ich hatte nicht gefragt.

»Willst du es mir sagen?«

Sie nickte langsam. Dann bekam sie Schluckauf. Sie hielt kurz die Luft an und ein kleines Lächeln huschte über ihre Lippen.

»Das Schattenreich wird bald seinen König und seine Königin verlieren.«

Mir stockte der Atem.

»Was?«

Ihr Lächeln wurde breiter. »Ich habe sie mit einem Zauber belegt. Keiner von ihnen beiden ahnt es.«

Mir schnürte sich der Hals zu. »W-wann hast du sie mit dem Zauber belegt?«

Sie streckte ihre Hand aus und griff stirnrunzelnd nach meinem Kinn. »Es ist doch völlig egal, wann ich ihn ausgesprochen habe. Warum freust du dich nicht?«

Sie beugte sich vor, umhüllte meine Lippen mit ihren und küsste mich derb. Ihre Tränen benässten meine Wangen. Sie warf mir ein weiteres halbes Lächeln zu und verschwand dann aus dem Zimmer. Zurück blieb ich. Atemlos.

Ich versuchte, ruhig Luft zu holen, während ich aus dem Fenster auf die verschneiten Berggipfel hinausschaute.

Nein. Ich kann mich nicht noch einmal mit dieser Familie befassen.

Aiden

»Fünfhundert Jahre«, raunte ich, während sich meine Augen vom Rauch der Zigarette vernebelten. Yuri und ich saßen auf seiner Terrasse. »So lang hat dein Bruder im Zölibat gelebt. Ich habe einfach nur besonderes Glück…«

»Es tut mir so leid«, sagte Yuri und legte seine Hand auf meine Schulter. »Ich hatte keine Ahnung, dass du in Adelle verliebt bist. Ich habe gesehen, dass du mit ihr gesprochen hast, aber ich wusste nicht, dass du mehr von ihr wolltest.«

»Ja«, sagte ich grimmig und stieß Rauch aus. Yuri hatte mir erzählt, dass er beschlossen hatte, Eli aus seiner Einsamkeit zu befreien und ihn davon überzeugt hatte, Adelle um ein Date zu bitten. Ich konnte ihm nicht die Schuld geben. Er hatte getan, was ein guter Bruder eben tat.

»Wenn ich das gewusst hätte, dann hätte ich ihm nicht dazu geraten. Eli hatte schon seit einiger Zeit ein Auge auf Adelle geworfen. Ich habe noch nie erlebt, dass eine Frau ihn so interessiert hat wie sie. Es war qualvoll, das mit anzusehen.«

»Vielleicht hätte sie mir so oder so einen Korb gegeben«, sagte ich. Der Anblick von Adelle, wie sie Eli umarmte, stand mir noch frisch vor Augen. Jedes Mal, wenn ich das Bild vor mir sah, fuhr mir ein Stich durch die Brust. Ich schob den Gedanken beiseite, warf meine Zigarette weg und stand auf. Ich tätschelte Yuri die Schulter. »Nun, ich wünsche deinem Bruder alles Gute. Wer etwas findet, darf es behalten, nicht wahr?« Ich zwang mich zu einem Lächeln. »Lass uns vergessen, dass wir dieses Gespräch überhaupt geführt haben. Ich ziehe es vor, dass die ganze Angelegenheit zwischen uns bleibt.«

»Dass was zwischen dir und Yuri bleibt?«

Ich stöhnte, als Claudia im Türrahmen auftauchte und ihre Hände in die Hüften stemmte.

»Ach nichts, Claudia«, sagte ich.

Ich setzte an, zu gehen, aber der kleine Hitzkopf ließ sich nicht einfach so zur Seite schieben. Sie stellte sich vor mir auf und versperrte mir den Weg.

»Komm schon, Aiden. Ich kann Geheimnisse für mich behalten.«

Ich seufzte und blickte hilfesuchend zu Yuri. Er zuckte mit den Schultern. Claudia ergriff meine Hand und zog mich ins Penthouse. Sie führte mich ins Wohnzimmer und drückte mich auf die Couch.

»Es ist wirklich nichts Spannendes. Nur...«

»Nur was?«

»Adelle. Okay? Ich mag sie.«

Ihre Lippen formten ein kleines wissendes Lächeln.

»Da sagst du mir nichts Neues. Die Art, wie du sie anglotzt... Für jeden, der nicht ein Volltrottel ist, ist das doch offensichtlich. Und warum sagst du ihr nichts davon?«

Ich blickte wieder von Claudia zu Yuri, der sie anscheinend noch nicht auf den neuesten Stand gebracht hatte.

Yuri räusperte sich. »Schatz, Eli geht mit ihr. Ich habe ihn ermutigt, sie auszuführen.«

Ihr Gesicht verzog sich erschrocken. »Was?«

»Du hast richtig gehört«, seufzte ich.

»Eli? Dein Bruder?«

»Es gibt nur einen Eli auf dieser Insel«, sagte Yuri.

»Warum hast du nicht vorher mit mir geredet?«, sagte sie zu Yuri gewandt.

»Ich wusste ja nicht mal, dass Eli sich meinen Rat zu Herzen genommen hat, bis Aiden es mir gerade erzählt hat.«

Sie ließ sich neben mir auf die Couch fallen. »Wow, das ist doch wirklich Mist.«

»Ja«, sagte ich durch zusammengepresste Zähne. »Das ist es.«

Ich wollte gerade aufstehen und gehen, als Claudia meinen Arm festhielt und mich wieder nach unten zog.

»Schatz, was wirst du jetzt machen?«

»Nichts, Claudia«, sagte ich und sah sie belustigt an. »Sie mag Eli. Und weder du noch Yuri werden mit irgendjemandem darüber sprechen, verstanden?«

Claudia biss sich auf die Lippe und sah ihren Mann an. Sie schaute besorgt. Es folgte ein schmerzliches Schweigen. Wenn ich irgendetwas noch schmerzlicher fand, als besiegt zu werden, war es, bemitleidet zu werden.

»Es war sowieso nur alles eine dumme Fantasie. Ich bin viel zu alt für sie.«

»Quatsch!«, brummte Claudia finster. »Ich würde dich nicht von der Bettkante stoßen, wenn ich nicht Yuri gehören würde.«

Yuri verdrehte die Augen.

Ich kicherte. »Tja, also, vielen Dank, Claudia. Es ist gut, das zu wissen.«

»Im Ernst, Aiden. So gern ich möchte, dass mein Schwager mal wieder Sex hat, denke ich, dass du viel besser zu Adelle passt. Sie ist nicht die Richtige für Eli.«

Yuri starrte sie halb überrascht, halb belustigt an. Keiner

von uns hatte erwartet, dass Claudia in dieser Angelegenheit so eine starke Meinung haben würde.

Frau Claudia Lazaroff. Was für eine Beziehungsratgeberin.

»Wie kommst du darauf?«, fragte Yuri.

»Eli ist so verdammt ernst, er braucht jemand Jüngeren, der ihm mehr Leben einhaucht.«

»Ich bin sicher, dass es Adelle nicht schwerfallen wird«, murmelte ich.

»Sie ist viel zu erfahren. Sie sieht zwar nicht alt aus, aber wer weiß, wie viele Jahre sie in Wirklichkeit schon am Leben ist. Sie könnte Tausende von Jahren alt sein.«

»Tja, nun gut… so gern du auch die Entscheidung treffen würdest, hat sich Eli schon entschieden und auch Adelle.«

»Du weißt nicht, was sie füreinander empfinden«, drängelte Claudia. »Sie könnten genauso gut merken, dass sie nicht zusammenpassen und miteinander Schluss machen.«

Irgendwie bezweifelte ich das. Im Bootshaus hatte die Chemie zwischen ihnen beiden Funken sprühen lassen.

»Selbst wenn sie mit Eli ausgeht«, fuhr Claudia fort, »solltest du ihr trotzdem sagen, was du empfindest. Dann kann sie ihre Entscheidung treffen. Wenn du ihm zuvor gekommen wärst, wäre sie jetzt vielleicht mit dir zusammen statt mit Eli.«

Ich hustete und stand auf. Ich hatte ja schon vieles getan,

aber ich war nicht der Typ Mann, der einem anderen die Frau ausspannte.

Ich hatte genug von diesem Gespräch. Es führte zu absolut nichts. Adelle ging mit Eli, zumindest im Moment. Es gab nichts weiter zu diskutieren. Ich stand auf, obwohl Claudia mich wieder nach unten ziehen wollte, schob ihre Hand beiseite und machte mich auf den Weg zum Ausgang.

»Sie ist die Richtige für dich«, rief mir Claudia noch hinterher. »Gib sie nicht auf. Ich bin so dankbar für jeden Tag, den Yuri mich nicht aufgegeben hat.«

»Ja, was auch immer…«

Sofia

Ich saß Corrine in ihrem Schlafzimmer gegenüber. Gerade hatte ich ihr meinen Plan erklärt. Wir starrten uns gegenseitig an und brachen in Gelächter aus.

»Ich wusste gar nicht, dass du so verschlagen bist, Sofia.«

Sie reichte mir einen Stift und ein Blatt Papier. Ich hatte die Idee gehabt, eine Brieffreundschaft zwischen den beiden Männern anzuzetteln. Derek würde einen Entschuldigungsbrief von Kiev erhalten und umgekehrt. Natürlich würde ich die beiden Briefe schreiben. Corrine würde meine Handschrift verzaubern, damit sie nicht wie meine Schrift aussah.

Ich atmete aus und kratzte mich mit dem Stift am Kopf. Wir mussten uns immer noch überlegen, was genau wir sagen wollten und wie wir den beiden ihr Misstrauen austreiben konnten. Sie würden irgendwann herausfinden, was ich getan hatte, aber bis dahin – wenn alles nach Plan verlief – würde das Eis zwischen ihnen bereits gebrochen sein.

Ich legte den Stift aufs Papier. Ich wollte gerade anfangen zu schreiben, als Corrine meinen Unterarm ergriff. Ihre Augen funkelten schelmisch.

»Warte. Ich habe eine bessere Idee.«

»Was?« Ich legte den Stift wieder zur Seite und schaute sie an.

Sie ging zu ihrem Bücherregal hinüber und zog ein dickes Buch hervor, das in burgunderfarbenem Leder eingeschlagen war. Sie wuchtete es aus dem Regal und ließ es neben mir auf den Tisch fallen. Dann setzte sie sich und begann, die Seiten zu durchblättern.

»Weißt du, ich denke, dass wir das Ganze ein bisschen moderner lösen können…«

Ich brannte vor Neugier, als sie schließlich bei einer Seite anhielt. Ich sah Schriftzeichen einer alten Sprache, die ich nicht verstand.

Sie ließ mich zehn Minuten warten und sagte keinen Ton, bis sie endlich hochblickte und mich erneut angrinste.

»Ja, ich glaube, das könnte funktionieren.«

»Was?«, drängelte ich.

»Was hältst du davon, wenn Kiev sich persönlich bei

Derek entschuldigt und umgekehrt?«

Ich starrte sie an. »Naja, das wäre natürlich die beste Lösung, aber wie um alles auf der Welt-«

»Wie um alles auf der Welt bekommen wir diese beiden Sturköpfe dazu, es zu tun? Ganz einfach. Tun wir nicht.«

»Häh?«

»Es gibt einen Zauber, den ich vielleicht hinbekomme.« Corrine stand auf und begann, im Raum umherzulaufen. »Aber wir werden Monas Hilfe benötigen.«

»Was für ein Zauber?«

»Ich kann dich wie Derek aussehen lassen. Und auch wie Kiev.«

Ich schnappte nach Luft. »Das ist brillant, Corrine. Ich würde genauso aussehen wie sie? Meine Stimme würde auch genauso klingen wie ihre?«

Corrine nickte und grinste von einem Ohr bis zum anderen.

Ich schob den Zettel und den Stift weg.

»Und wozu brauchen wir Mona?«

»Wir brauchen die DNA der beiden Männer. Es wird wohl mit einem Haar am leichtesten und am --- hygienischsten sein.«

»Okay. Wir werden Mona fragen. Ich bin sicher, dass sie uns hilft. Auch sie ist nicht besonders glücklich, dass zwischen den beiden eine solche Spannung schwebt.«

»Wir müssen nur sicher sein, dass sie nichts verrät«, sagte

Corrine.

»Ich vertraue Mona«, sagte ich sofort. Wie konnten wir ihr bei so etwas Kleinem nicht vertrauen, wo wir doch schon das Vertrauen für das Schicksal der ganzen Insel in sie gesteckt hatten?

»Ich auch.«

Corrine und ich blickten uns an, als uns die Tragweite unseres Plans bewusst wurde. Ich hoffte nur, dass ich während alldem ein unschuldiges Gesicht aufsetzen konnte.

»Okay«, sagte ich und stand auf. »Ich werde ein Haar von Derek besorgen. Ich nehme es einfach aus seinem Kamm.«

»Nein«, sagte Corrine. »Es muss frisch gezogen sein. So ist es kräftiger und der Effekt des Tranks hält länger an.«

»Oh, daran hatte ich nicht gedacht. Wie lange wirkt denn der Trank?«

Corrine rieb sich den Kopf und schaute im Buch nach.

»Hm. Ich bin mir nicht sicher.«

»Es wird doch sicher mindestens ein paar Stunden anhalten, oder?«

»Ja, das sollte es…«

Sie schien nicht allzu überzeugt zu sein, aber die Idee war einfach zu verlockend, um sie zu verwerfen.

»Gut, lass uns überlegen«, sagte ich und begann selbst, auch im Zimmer auf und ab zu gehen. »Ich sollte mich zuerst in Kiev verwandeln und Derek besuchen. Es macht Sinn, dass er derjenige ist, der zuerst auf Derek zugeht, weil er mehr zu bereuen hat. Sobald der Zauber verflogen ist, gehe ich Kiev als Derek besuchen.«

»Also brauchen wir zuerst Kievs Haar«, sagte Corrine. »Dann muss ich Mona suchen gehen.«

»Gut. Ich warte hier.«

Corrine verschwand. Ich setzte mich wieder und klopfte mit meinen Fingern auf den Tisch. Ich blätterte durch das Zauberbuch, verstand aber kein einziges Wort. Schnell wurde mir langweilig.

Corrine kam etwa eine halbe Stunde später wieder. Mona trat an ihrer Seite hervor und trug eine Hose und ein Hemd über die Schulter geworfen, während sie zwischen ihren Fingerspitzen ein Haar hielt.

»Wie ist es gelaufen?«, fragte ich mit Blick auf das Haar.

Mona sah mich belustigt an. »Bist du dir sicher, dass diese Aktion nicht nach hinten losgehen wird?«

»Nein, ich bin mir nicht sicher. Aber es kann ja wohl kaum noch schlimmer werden, als es schon ist.«

»Dann lasst uns in mein Gebräuzimmer gehen«, sagte Corrine und führte uns aus ihrem Schlafzimmer. »Ach, du solltest vielleicht eines der Bettlaken mitnehmen«, sagte sie und zeigte aufs Bett.

Wir gingen durch die Flure der Heiligen Stätte, bis wir in Corrines Gebräuzimmer angekommen waren. Mona legte das Haar in ein Schälchen in der Nähe vom Waschbecken. Ich beugte mich hinüber und betrachtete es genauer. Ich traute mich nicht, sie danach zu fragen, wo genau sie es ihm ausgerupft hatte.

»Von seinem Bein«, sagte sie, als ob sie meinen Gedanken erraten hatte.

»Super«, murmelte ich.

»Vertrau mir, es gibt schlimmere Stellen, von denen ich es hätte zupfen können.«

Mona und ich sahen Corrine in den darauffolgenden fünfzehn Minuten zu, wie sie verschiedene Zutaten in einen Kessel warf und die Mischung zum Kochen brachte. Die Flüssigkeit zischte und nahm eine hellgrüne Farbe an. Ein fauler Geruch stieg aus dem Kessel auf.

»Okay«, sagte Corrine. »Es ist fertig.«

Mona und Corrine blickten sich an und schauten dann zu mir.

»Ibrahim kommt noch nicht wieder, oder?«, fragte ich mit einem Blick zur Tür.

»Nein«, sagte Corrine. »Er kommt erst in ein paar Stunden zurück. Gut, ich werde aus dem Zimmer gehen. Mona wird alles Weitere übernehmen. Viel Glück.« Sie tätschelte meine Schulter und verließ den Raum.

Ich sah nervös zu Mona hinüber.

»Als erstes musst du dich ausziehen.«

Ich blickte an meinem Kleid herunter. *Ausziehen.*

Natürlich.

Mona hielt mir das Laken um, während ich mich auszog. Als ich fertig war, hüllte ich mich in das Tuch ein und Mona füllte das Getränk in einen Becher. Sie reichte ihn mir.

»Trink aus.«

Ich führte den Becher an die Lippen und nahm einen ersten Schluck. Die Flüssigkeit war heiß, aber überraschend geschmacklos. Ich trank den Rest aus. Mona nahm mir den leeren Becher ab und ging zum Waschbecken. Sie hob das Haar auf und kam damit auf mich zu.

»Jetzt musst du das hier auf deine Zunge legen. Schluck es nicht unter.«

»Kannst du es nicht wenigstens vorher waschen?«, brummte ich.

»Hygiene ist im Augenblick wirklich deine letzte Sorge.«

Ich öffnete den Mund und sie legte mir das Haar auf die Zunge. Beinahe hätte ich gewürgt.

Sie legte ihre Hand auf meinen Kopf und begann, eine Art Zauberspruch zu raunen. Nach fünf Minuten ließ sie meinen Kopf los.

Ich schaute sie unruhig an und wartete darauf, irgendetwas zu fühlen. Nichts. Zehn Minuten vergingen. Ich dachte schon, dass der Zauberspruch versagt hätte.

»Mona, bist du sicher, dass-«

Und dann spürte ich es plötzlich. Ein starkes Kribbeln

in meinen Fingern, das sich über meine Arme auf meine Brust, dann auf meinen Hals, das Gesicht und meinen Bauch ausweitete. Kurz darauf kribbelte mein ganzer Körper. Es tat nicht weh, es war einfach nur ein eigenartiges, kitzeliges Gefühl. Ich wuchs mehrere Zentimeter. Vorher war Mona größer gewesen als ich, aber jetzt überragte ich sie. Ich hob eine Hand, um mein Gesicht zu berühren, aber Mona hielt mich zurück.

»Warte«, sagte sie. »Fass dich nicht an, solange die Transformation noch nicht vorbei ist. Ich sage dir Bescheid, wenn es soweit ist.«

Ich wartete weitere zehn Minuten, bis Mona endlich nickte. »Du hast dich fertig verändert.«

Ich sah nach unten und entdeckte eine muskuläre Brust und starke Arme. Weiter nach unten schaute ich zum Glück nicht, weil ich immer noch in das Laken eingehüllt dastand. Plötzlich wurde mir das zusätzliche Gewicht bewusst, das auf mir lastete.

Mist. Ich habe das alles wirklich nicht ganz durchdacht.

Ich zog das Laken fester um mich und sah verzweifelt Mona an.

Was habe ich nur gemacht?

»Hoffentlich kann ich mich auch zurückverwandeln«, krächzte ich.

Mona kicherte. »Das wirst du.«

Das war die vielleicht bizarrste Erfahrung meines

Lebens. Das Einzige, was ihr ähnlich war, war die Zeit, in der ein Ältester mich bewohnt und die Kontrolle über meinen Körper ergriffen hatte.

Mona näherte sich und riss mir zu meinem Schrecken das Laken weg.

»Nein!« Schnell hob ich den Blick zur Decke. »Gib es mir zurück!« Verzweifelt streckte ich die Hände nach dem Laken aus.

Mona lachte schallend.

»Es ist alles gut«, kicherte sie. »Ich habe Kiev schon gesehen. Schau einfach weiter an die Decke, während ich dir helfe, dich anzuziehen.«

Sie griff nach der Kleidung, die sie mitgebracht hatte. Sie zog meine Arme durch die Hemdsärmel und knöpfte das Hemd zu. Meine Augen folgten ihr, als sie Kievs Hose holte.

»Du wirst jawohl nicht auf meinen Mann lunzen wollen, mein Mädchen?«

Ich blickte sie düster an. »Das würde mir nicht mal im Traum einfallen.« Mein Blick wanderte wieder zur Decke, als sie mir half, in die Hosenbeine zu kriechen.

Ich hoffe nur, dass Derek mir vergibt, wenn er das hier erfährt…

Sofia

Ich fuhr mir mit der Hand über Kievs kratzige Bartstoppeln.

»Okay«, sagte ich und atmete tief durch. »Ich muss los.«

Beide Hexen sahen mich immer noch belustigt an.

»Viel Glück«, sagte Corrine.

Ich verließ den Raum und ging auf den Ausgang zu. Ich hielt kurz vor der Tür inne. *Ich lasse Kiev wie ein Mädchen laufen. Wie laufen Männer?*

Ich latschte etwas und ließ Kievs Arme lose an meinen Seiten schwingen. Ich stellte die Füße breiter auf. Dann probierte ich meinen neuen Gang aus. Obwohl ich mich überhaupt nicht sicher fühlte, blieb mir keine Zeit, um weiter zu üben. Ich würde vor Derek einfach stillstehen müssen.

Ich trat aus der Tür hinaus und warf einen Blick auf den Hof. Ich hatte schreckliche Angst, Kiev irgendwo zu begegnen. Also eilte ich los und rauschte über die Lichtung in die Wälder hinein. Ich vermied es, auf dem Weg zu gehen, als ich mich zu Dereks und meinem Penthouse begab. Kiev war mindestens zweimal so schnell wie ich. Ich hatte die Geschwindigkeit unterschätzt, mit der ich vorwärts raste und wäre beinahe mit dem Kopf gegen einen Baum geknallt. Ich musste mich erst an seine Gewandtheit gewöhnen.

Ich kam an unserem Baum an und fuhr mit dem Aufzug hoch zur Veranda. Ich ging auf die Eingangstür zu. Ich räusperte mich und wischte mir mit dem Hemdsärmel den Schweiß von den Augenbrauen.

Dann klopfte ich. Wieder überraschte mich Kievs Stärke, denn das Klopfen klang deutlich lauter, als ich es beabsichtigt hatte. Es hörte sich fast aggressiv an. *Kein guter Start…*

Ich hielt den Atem an, als ich hörte, wie sich Schritte näherten. Die Tür wurde geöffnet und Ben tauchte vor mir auf.

Seine Augen verdunkelten sich.

Toll, jetzt muss ich mich mit zwei Novak-Männern rumschlagen. Ben hätte eigentlich in der Schule sein sollen.

»Was willst du«, fragte Ben und stemmte seinen Arm

gegen den Türrahmen.

Es war verwirrend, dass mein eigener Sohn mich mit solcher Verachtung ansah. Aber ich schätzte, dass Kiev daran gewöhnt war, dass alle ihn so anschauten.

»Ich bin hier, um deinen Vater zu sehen«, sagte ich.

Ich war erschrocken, dass Kievs Stimme gar nicht so klang, wie ich es beabsichtigt hatte. Ich hatte versucht, seine Stimme etwas sanfter klingen zu lassen, aber sie ertönte viel zu weich und heiser. Mir lief es bei ihrem Klang kalt den Rücken hinunter. *Gott. Wenn ich so weitermache, wird Derek denken, dass Kiev gekommen ist, um ihn zu verführen.*

Ben hob eine Augenbraue.

»Wozu?«

Neugieriger Kerl. Hol einfach deinen Vater.

»Es ist eine private Angelegenheit«, sagte ich und hörte erleichtert, dass Kievs Stimme diesmal besser klang.

Ben trat zurück und ließ mich ins Haus. Seine Augen folgten mir, als ich in die Mitte des Zimmers trat. Ich wollte gerade auf Dereks Arbeitszimmer zugehen, als ich mich daran erinnerte, dass Kiev sich in unserer Wohnung ja gar nicht auskannte. Ich sah Ben an. Es schien ihm Vergnügen zu bereiten, dass ich mich unwohl fühlte.

»Wo finde ich deinen Vater?«

»In seinem Arbeitszimmer.«

»Und wo ist das?«

Er warf mir einen weiteren düsteren Blick zu, bevor er

mich zu Dereks Arbeitszimmer führte. Er klopfte an die Tür.

»Dad?«

»Was?«

»Jemand will dich sehen.«

»Wer?«

»Kiev Novalic.«

Schweigen folgte.

»Sag ihm, dass er gehen soll.«

Verdammt, Derek.

Ben drehte sich mir zu, hob die Augenbrauen und zuckte mit den Schultern. »Du hast ihn ja gehört.«

Ich wandte mich selbst der Tür zu. »Derek. Ich muss mit dir reden.«

Wieder Schweigen. Dann knarrte ein Stuhl. Die Tür öffnete sich und Dereks unrasiertes Gesicht tauchte im Spalt auf, wobei seine blauen Augen mich anstarrten.

»Und?«

»Darf ich reinkommen?«

Derek warf mir einen vernichtenden Blick zu. Aber dann stimmte er zu meiner Überraschung zu. Er öffnete die Tür. Ich trat in sein Arbeitszimmer und stellte mich vor seinen Schreibtisch.

Auch Derek blieb stehen und ballte, immer noch den Blick starr auf mich gerichtet, die Fäuste.

Ich fühlte mich von seinem Blick eingeschüchtert. Die

Härchen auf Kievs Arm sträubten sich.

Entspann dich, Derek...

Ich atmete tief ein. »Ich bin kein Mann der Worte, Derek. Ich spreche durch meine Taten. Ich hatte gehofft, dass du meine Taten lesen könntest und ich sie nicht würde erklären müssen. Aber manchmal sind Worte wohl hilfreich, schätze ich.« Ich hielt inne und wartete auf eine Reaktion von Derek. Sein Blick veränderte sich nicht. »Du bist ein viel beschäftigter Mann und ich habe nicht vor, dich lange aufzuhalten. Also sag ich es einfach: Es tut mir leid.«

Ich hielt die Luft an und suchte in Dereks Gesicht nach einer Spur von Akzeptanz. Nach Versöhnung.

Obwohl er immer noch eine reglose Miene aufgesetzt hatte, sah ich, wie sich seine Fäuste lockerten. Ich streckte die Hand aus.

Komm schon, Derek. Nimm sie.

Er trat einen Schritt vor und schüttelte meine Hand. Fest. Ich war nicht sicher, ob das auch wieder so eine passive Aggression war, oder ob Derek anderen Männern immer so die Hand schüttelte. Aber wie dem auch war, Kievs Besuch war erfolgreich verlaufen. Ein Händedruck war mehr, als ich erwartet hatte.

Als wir uns losließen, nickte er mir zu. Ich konnte mir ein Lächeln nicht unterdrücken und hoffte, nicht allzu trottelig auszusehen.

Obwohl ich noch länger hätte bleiben können, um unseren Pakt noch weiter zu besiegeln, da ich jetzt Verhandlungsspielraum bei Derek spürte, wollte ich es nicht riskieren, dass der Zauber verwirkte.

»Dann mache ich mich mal wieder los«, sagte ich und ging in Richtung Ausgang.

»Ben«, rief Derek.

Ben tauchte im Türrahmen auf – so schnell, dass ich vermutete, dass er gelauscht hatte.

»Führ unseren Gast nach draußen.«

Gast. Ein weiteres Grinsen überzog mein Gesicht.

Ich folgte Ben durch die gläsernen Gänge in den Hauseingang. Er sah mich neugierig an, als ich durch die Tür nach draußen trat. Bevor er sie schloss, drehte ich mich um und lächelte ihn leicht an. Ich streckte meine Hand aus und klopfte ihm auf die Schulter.

»Danke, Ben. Und… es tut mir leid.«

Verwirrt sah er mich an und wusste offensichtlich nicht, wie er reagieren sollte. Dann erwiderte er mein Lächeln und nickte, genau wie sein Vater.

Sobald ich hörte, wie die Tür hinter mir ins Schloss fiel, eilte ich in den Aufzug.

Jetzt muss ich mich beeilen und den wirklichen Kiev finden, bevor er meine Täuschung auffliegen lässt.

Sofia

Ich raste in die Heilige Stätte zurück. Corrine hielt mich in ihrem Schlafzimmer versteckt, bis der Zauber wenige Stunden später verging. Es war eine große Erleichterung, aus Kievs Haut herauszukommen und wieder ich selbst zu sein.

Ich zog Kievs übergroße Kleidung aus und wechselte in meine eigenen Sachen zurück, bevor ich zu unserem Penthouse eilte. Jetzt war es an der Zeit, dass Derek klein beigab.

»Derek?«

Schweigen. Anscheinend waren auch Ben und Rose nicht da.

Ich eilte ins Arbeitszimmer meines Mannes.

»Derek?«, rief ich wieder.

Ich hetzte durch die Wohnung. Alle Zimmer waren leer. Mir wurde mulmig.

Hoffentlich ist er nicht Kiev besuchen gegangen.

Ich rannte aus dem Penthouse und machte mich zu Elis Baum auf. Derek war vielleicht zu ihm gegangen, um die Pläne zu besprechen, die er studiert hatte. Ich rauschte zu seinem Penthouse und klopfte an die Tür.

Schritte erklangen und Adelle tauchte in einem Bademantel in der Tür auf. Überrascht machte ich einen Schritt zurück.

»Ähm, hallo, Adelle. Ist Derek hier?«

Sie sah verschämt aus und ihre Wangen wurden rot. »Nein, ist er nicht. Nur, ähm, Eli und ich sind hier. Ich kann Eli holen, wenn du möchtest.«

»Nein«, sagte ich schnell. »Mach dir keine Sorgen. Ich werde ihn anderswo suchen.«

Was hat Adelle bei Eli zu suchen und noch dazu in diesem Aufzug? Obwohl mich die Annahme froh machte, dass Eli endlich eine Freundin gefunden hatte, war ich auch traurig. Ich wusste, dass mein Vater sie gemocht hatte. Ich hoffte, dass ihre Beziehung ihm nicht das Herz brechen würde. Aber mir blieb jetzt keine Zeit, darüber zu grübeln.

Mein Herz klopfte schneller, als ich von Elis Penthouse wieder auf den Waldboden hinunterfuhr.

Wo kann er sein? Denk nach.

Als König der Insel konnte er so ziemlich überall sein. Wir konnten jederzeit überall auf der Insel zu Hilfe gerufen werden.

Ich beschloss, zunächst bei Vivienne und Xavier zu Hause nachzuschauen. Vielleicht hatte seine Schwester eine Ahnung, wo er stecken könnte.

Zum Glück brauchte ich nicht so weit zu laufen. Ich entdeckte Derek, der mit Matteo im Wald spazieren ging.

Ich holte die beiden ein.

»Hallo, Matteo«, sagte ich.

Er lächelte mich an. Ich wandte mich meinem Mann zu.

»Derek, ich habe es eilig«, sagte ich. »Ashley hat mich zu sich nach Hause eingeladen und ich bin spät dran. Wir sprechen später, ok?«

Ich schlang meine Arme um seinen Hals und küsste ihn auf die Wange. Ich fuhr mit meinen Händen durch sein Haar und zupfte ihm eine Strähne heraus, als ich meine Hand fortzog.

Er zuckte.

»Tut mir leid, mein Armband hat sich verfangen… ich muss los. Wir sehen uns später. Tschüss, Matteo.«

»Tschüss, Sofia.«

Ich eilte davon und hielt Dereks Haar triumphierend in meiner Handfläche.

***

Ich kehrte zur Heiligen Stätte zurück, wo Corrine immer noch in ihrem Schlafzimmer auf mich wartete.

»Du hast gesagt, dass du in fünfzehn Minuten wieder hier sein würdest.«

»Entschuldigung. Derek war nicht in der Wohnung«, sagte ich. »Ist ja auch egal, hier ist das Haar.«

Ich legte es auf den Holztisch. Corrine hob es hoch und wir gingen zurück ins Gebräuzimmer.

»Wir dürfen keine Zeit verlieren«, sagte sie, mischte die Zutaten eilig im Kessel zusammen und brachte alles zum Kochen.

»Oh nein«, platzte ich heraus, als mir ein Licht aufging. »Ich habe vergessen, Kleidung von Derek mitzubringen!«

»Tja, wir werden uns einfach welche von Ibrahim ausleihen müssen. Wenn sie nicht passen, dann mache ich sie dir passend.«

Sie hatte Recht. Ich wollte es nicht riskieren, wieder nach Hause zu gehen, falls Derek inzwischen dort angekommen war und mit mir reden wollte. Ich zog mich aus und schlang mir wieder das Laken um.

»Wo ist Mona?«, fragte ich.

»Sie ist zu Hause«, sagte Corrine und reichte mir den Becher. Dieses Mal schluckte ich mit mehr Vertrauen alles in einem Zug hinunter. Dann öffnete ich den Mund. Corrine legte mir das Haar auf die Zunge und erinnerte mich daran, es nicht runterzuschlucken – als ob ich das gewollt hätte. Dann legte sie mir die Hände auf den Kopf und murmelte denselben Zauberspruch wie Mona. Das Kribbeln breitete sich wieder auf meiner Haut aus. Dann weitete sich mein Körper, wurde größer und schwerer und Corrines Hände erreichten meinen Kopf nicht mehr.

Ich blickte zu Corrine hinunter und wartete darauf, dass sie mir sagte, dass die Verwandlung vorbei war. Schließlich nickte sie.

Ich zog das Laken fest um meinen – Dereks – Körper und ging mit Corrine in ihr Schlafzimmer zurück.

Corrine fluchte, sobald sie den Raum betrat. Mein Blick fiel auf Ibrahim.

Ihm fiel die Kinnlade herunter, als er sah, dass Derek nichts außer einem Laken trug und nach seiner Frau in sein Schlafzimmer trat.

»Ibrahim«, platzte ich hervor und meine Stimme rumpelte in meinem Hals. »Es ist nicht das, was du denkst. Ich bin nicht Derek. Ich bin Sofia.« Ich ging auf ihn zu und legte ihm eine kräftige Hand auf die Schulter, wobei ich ihn anscheinend etwas zu heftig packte. Ibrahim zuckte zusammen. »Du kannst gehen und es selbst überprüfen, wenn du uns nicht glaubst – Derek ist wahrscheinlich bei uns Zuhause. Du kannst ihn dort finden.«

Corrine streckte sich und küsste Ibrahim.

»Du hast doch nicht wirklich geglaubt, dass ich dich betrügen würde, Schatz, oder?«

Ibrahims Fäuste lockerten sich. Er starrte uns beide verwirrt an. »Was zum Teufel führt ihr zwei Frauen im Schilde?«

Corrine und ich schauten uns an und brachen in Gelächter aus.

»Gute Frage«, sagte sie. »Auf die es keine einfache Antwort gibt. Ich erkläre dir alles, sobald Sofia weg ist. Wir haben keine Zeit zu verlieren. Ach, und sie wird sich ein paar von deinen Sachen borgen müssen.«

Ibrahim sah belustigt zu, wie Corrie im Zimmer umherwirbelte und in Schubladen und Schränken nach passender Kleidung für mich suchte. Währenddessen ging ich auf den körpergroßen Spiegel in der Ecke des Zimmers zu.

Ich konnte mir ein Grinsen nicht verkneifen, als ich Dereks Spiegelbild darin sah. Dieses süße, jungenhafte Grinsen, das ich so liebte. Ich spannte Dereks Bizeps an. Ich strich über seinen Kiefer. Dann fuhr ich mir mit beiden Händen durch sein dichtes Haar. Danach runzelte ich die Stirn und fuhr seine Fänge aus.

Hm. So ist es also, Derek Novak zu sein.

»Fertig?«

Ich drehte mich zu Corrine um, die mich lachend beobachtete.

Ich kicherte. »Ja.«

Ibrahim war kleiner und dicker als Derek, aber das war

nichts, was Corrine nicht schnell lösen konnte. Sie nahm Derks Maße, die Hosenlänge und passte die Kleidung an, bis sie Dereks Größe entsprach.

Dann reichte sie mir die Kleidung. Ich hielt immer noch mit einer Hand das Laken fest, das ich mir umgeschlungen hatte, und nahm ihr mit der anderen Hand die Kleidung ab.

»Dieses Mal brauche ich keine Hilfe beim Anziehen. Ich komme mit meinem Mann schon klar…«

Caleb

Ich hatte verzweifelt versucht, die Prinzessin zu vergessen. Aber Annoras Geständnis hatte sie wieder in meine Gedanken zurückgeholt. Und egal was ich tat, wurde ich sie nicht wieder los.

Ich habe Informationen, die Rose den Schmerz über den Verlust ihrer Eltern ersparen können, und doch sitze ich hier tatenlos rum.

Ich konnte nicht aufhören, daran zu denken, was sie von mir halten würde, wenn sie es herausfinden würde. Selbst wenn diese Vorstellung keinen Sinn machte – schließlich konnte Rose es gar nicht erfahren – brannte sich das Schuldgefühl immer tiefer in meine Brust. Es machte mir Angst. Es war ja nicht Roses Leben, das hier auf dem Spiel stand, sondern das ihrer Eltern. *Habe ich mich wirklich so sehr in sie verliebt?*

Ich versuchte, wieder zu Verstand zu kommen. Ich konnte es einfach nicht riskieren, sie aufzusuchen, um sie zu warnen. Es hatte mich so viel Kraft gekostet, mich bei unserer letzten Begegnung ihr gegenüber so kalt wie möglich zu zeigen. Vielleicht war sie inzwischen schon über mich hinweg. Ihre Eltern zu retten würde mich nur wieder stärker an sie binden. Und das war etwas, das schrecklich enden würde.

Es sei denn, ich kann einen Weg finden, sie zu warnen, ohne dass sie erfährt, dass diese Warnung von mir stammt…

Ich trat auf den Balkon hinaus und starrte aufs Meer, während ich mir den Kopf zerbrach.

Dann ging es mir auf.

Mona. Die Hexe, mit der ich sowieso unbedingt sprechen wollte. Gibt es einen Weg, sie zu kontaktieren und ihr Stillschweigen zu sichern, die Information von ihr zu bekommen, die ich über Annora haben will und sie gleichzeitig bezüglich Roses Eltern zu warnen?

Ich begann, wild in meinem Zimmer auf und ab zu schreiten, während mein Plan in Gedanken Gestalt annahm. Ich wusste nicht, wie viele Tage vergangen waren, seit Annora die beiden mit dem Zauber belegt hatte. Wenn ich das Ganze durchziehen würde, durfte ich keine Sekunde verlieren.

Obwohl mein Plan waghalsig und absolut wahnsinnig war, sagte mir etwas in mir, dass ich keine andere Wahl hatte, als ihn auszuführen, wenn ich jemals wieder so etwas wie inneren Frieden spüren wollte.

Da Annora daran gescheitert war, sich Zugang zum Schattenreich zu verschaffen und wir fast am Ende unserer Menschenreserve angelangt waren, war für den folgenden Abend die nächste Entführung von Menschen geplant.

Ich musste einfach hoffen, dass es bis dahin nicht zu spät sein würde. Mir blieb keine andere Wahl. Ich konnte nicht vorschlagen, früher aufzubrechen, ohne damit Annora misstrauisch zu machen, sobald Derek und Sofia den Fluch überleben würden.

Ich verbrachte den Rest des Tages damit, mich mit den Büchern in meinem Arbeitszimmer abzulenken, aber alles, an was ich denken konnte, war Mona und wie ich es angehen sollte, dass sie mich nicht gleich im Wasser explodieren ließ – wenn es mir überhaupt gelang, dass sie mich bemerkte.

Ich wusste, dass es nicht so unmöglich war, wie es sich anhörte. Obwohl ich keine Ahnung hatte, wo genau auf der Insel sie untergebracht war, hatte ich doch genug Zeit mit Hexen und auf dieser Insel verbracht, um zu wissen, wie ich die Aufmerksamkeit der Wächterin des Schutzzaubers auf mich ziehen konnte. Wenn Mona derselben Art Hexen angehörte wie Annora, wovon ich ausging, dann glich der

Schutzzauber um die Insel dem hiesigen.

Ich erinnerte mich an die Zeit kurz nach unserer Ankunft auf dieser Insel, als wir noch nicht all die Mechanismen aufgestellt hatten, die uns nun umgaben. Annora gewöhnte sich damals noch an ihre erst kürzlich erlangte Hexenmacht und wir konnten damals noch ohne ihre Zustimmung die Insel betreten und verlassen. Ich erinnerte mich daran, dass wir Annora ein Signal schicken mussten, um Einlass zu erhalten. Ich war bereit, dieselbe Methode zu benutzen, um Mona ein Signal zu senden.

Eine Stunde vor unserer geplanten Abfahrt stieg ich die Treppen zu Annoras Räumen hinauf. Normalerweise war sie um diese Uhrzeit nicht in ihren Zimmern und ich hoffte, dass sie ihre Pläne nicht gerade heute geändert hatte. Ich eilte durch die Zimmer und gelangte in ihre Bibliothek. In einer Ecke stand eine Kommode. Ich bückte mich und zog die unterste Schublade auf. Erleichtert blickte ich auf, als ich sah, was sie enthielt. Die Schublade war mit kleinen Muscheln gefüllt, die anscheinend seit vielen Jahren nicht mehr berührt worden waren. Aber es handelte sich dabei nicht um normale Muscheln – sie waren verzaubert worden. Blies man in sie hinein, ertönte ein Geräusch, das für eine Hexe auf hundert Meilen Entfernung hörbar war.

Ich nahm eine der Muscheln und eilte aus der Bibliothek. Annora würde nicht bemerken, dass sie fehlte. Ich musste sie einfach nur wieder unauffällig zurückbringen, sobald ich zurückgekehrt war.

Ich ging zu meiner Wohnung zurück, traf die letzten Vorbereitungen für die Fahrt und ging dann nach unten in die Eingangshalle, wo ein Dutzend Vampire bereits auf mich wartete.

»Lasst uns gehen«, sagte ich.

Ich stieß die Haupttüren auf und wir eilten die Bergtreppe hinunter und durch den Wald, bis wir am Hafen angelangt waren. Ich rutschte durch die Luke in das größte U-Boot und ging zielstrebig in den Kontrollraum. Frieda folgte mir und setzte sich neben mich.

Ich bereitete das Boot auf die Abfahrt vor.

»Sind alle bereit?«, fragte ich.

»Ja.«

Ich steuerte das Boot rückwärts aus dem Hafen und schnellte dann vorwärts.

Ich suchte den Strand aus, der uns am nächsten lag, obwohl wir dort schon viele Male angegriffen hatten. Es war schwieriger, Strandpartys zu finden, aber ich war mir sicher, dass auch so genug Touristen am Strand entlangliefen, um genug Menschen einzusammeln, damit Annora zumindest für die nächsten paar Tage zufriedengestellt war. Ich musste diese Sache so schnell wie möglich erledigen, weshalb ich keine Zeit hatte, einen entlegeneren Strand anzuzielen.

»Hoffentlich werden wir diese Beutezüge bald nicht

mehr benötigen«, brummte Frieda. »Ich weiß, was ich als Erstes machen werde, sobald es uns gelingt, diese Insel einzunehmen. Ich werde diesem kleinen Balg den Hals verdrehen.«

»Ich bin nicht sicher, ob Annora darüber so glücklich wäre«, sagte ich, bemüht, meine Stimme gleichgültig klingen zu lassen. »Vielleicht hat sie andere Pläne für die Zwillinge.«

Frieda blickte finster. »Na schön, wenn ich sie schon nicht erwürgen kann, werde ich mir wenigstens einen guten Schluck von ihr genehmigen.«

Der Rest der Fahrt verlief schweigend. Erleichtert atmete ich auf, als wir unser Ziel erreicht hatten.

Ich brachte das Boot an einem abgelegenen Teil des Strandes zum Halten.

»Auf geht's.« Ich sprang auf und Frieda folgte mir aus der Kabine hinaus. Die Vampire strömten die Gänge entlang auf die Luke zu. Wir stiegen aus und ließen uns ins Wasser gleiten. Ich musterte den Küstenstreifen, während wir zum Ufer schwammen. Wie erwartet sah ich keine großen Menschengruppen, aber es gab einige Paare und einzelne Menschen, die am Strand entlang gingen.

Wir stiegen aus dem Wasser und rannten auf die Büsche zu, die den Strand säumten. Wir konnten es uns nicht erlauben, uns auf diesem Strand entdecken zu lassen. Dafür hatten wir ihn schon zu oft überfallen.

Ich war der erste, der aus den Büschen kroch. Ich befahl Demarcus, einem großen, windigen Vampir, mir zu folgen. Wir liefen einem Paar hinterher, zogen unsere Spritzen heraus und betäubten sie beide gleichzeitig. Zwei weitere Vampire kamen aus den Büschen, schnappten sich die Menschen, die wir betäubt hatten, und schwammen mit ihnen zum U-Boot zurück. Auf diese Weise erbeuteten wir in der folgenden Stunde Menschen, die an diesem Strand entlangkamen, bis wir etwa ein Dutzend zusammenhatten.

Ich wandte mich den Vampiren zu, die neben mir im Gebüsch kauerten.

»Zurück zum Boot.«

»Bist du sicher, dass wir genug haben?«, fragte Demarcus.

»Ja, für heute reicht es. Ich will nicht zu viele von diesem Strand wegholen.«

»Wir könnten zu einem anderen Strand fahren«, sagte Sabine, eine Vampirin, die links neben mir kauerte. »Ich würde lieber mit einem Mal einen ganzen Haufen mitnehmen, als so viele kleine Fahrten zu machen. Wir sind schon auf halbem Weg nach Hawaii. Es macht keinen Sinn, jetzt umzukehren, wo wir-«

»Wer hat hier das Kommando?« Ich starrte sie finster an.

Sabine und Demarcus beugten die Köpfe.

»Seid einfach still und gehorcht.«

Ich sah mich erneut auf dem Strand um. Er schien leer

zu sein.

»Gut«, flüsterte ich. »Wir rennen zurück auf drei, zwei, eins…«

Wir sprangen aus den Büschen und stürmten aufs Wasser zu.

Was danach geschah, sah ich nur verschwommen. Plötzlich blendete mich ein Lichtstrahl. Etwas Schweres schlug auf meiner Schulter auf, brachte mich ins Schleudern und ich taumelte. Im Sand liegend sah ich, wie ein riesiger Käfig auf mich und mehrere andere Vampire herunterfiel, die es nicht ins Wasser geschafft hatten. Ich rappelte mich auf und ergriff die Stäbe. Ich stemmte mich mit aller Kraft dagegen, aber sie gaben nicht nach. Ich versuchte, meine Finger in den Sand zu graben und sie unter den Gittern hindurchzuschieben, aber als ich das tat, fuhren scharfe Metallspitzen aus den Käfigecken und verschlossen den Boden unter uns. Wäre ich nicht rechtzeitig aufgesprungen, hatten sie mir in die Füße geschnitten.

Einer der Vampire war nicht so schnell gewesen. Hinter mir ertönte ein Schrei. Ich wirbelte herum und sah Frieda auf dem Boden liegen. Sie winselte und hielt sich zwei Beinstümpfe, an denen keine Füße mehr hingen.

Der Käfig begann, sich zu bewegen und hob uns in die Luft hoch.

»Nein!«, schrie ich.

Ich streckte meinen Hals nach oben. Ein schwarzer Helikopter flog über uns.

Was ist das?

Ich sah zum Meer zurück. Unser U-Boot war bereits mit den Vampiren, denen die Flucht gelungen war, abgetaucht und mit ihm verschwand meine Chance, Mona noch rechtzeitig zu warnen.

Sofia

Sobald ich mir Ibrahims Sachen übergezogen hatte, verließ ich das Zimmer und sah Corrine und Ibrahim im Flur stehen.

»Wünscht mir Glück.«

»Viel Glück.«

Ich ging auf den Ausgang zu und schaute mich erneut auf dem Hof um, den Kopf durch die Tür gesteckt. Ein paar Vampire gingen über die Lichtung und dann in den Wald auf der anderen Seite. Sobald sie fort waren, rauschte ich los und lief durch die Büsche geduckt. Ich lief Richtung Nordwesten der Insel, bemüht, mich von den Hauptwegen fernzuhalten. Nach der Erfahrung mit Kievs starkem Körper war es einfacher, mich an Dereks Kräfte zu gewöhnen und ich eilte anmutiger durch die Wälder als vorher.

Ich kam am Strand an und lief auf die Reihenhäuser zu. Ich zählte, welches Haus Kiev und Mona gehörte, und klopfte an der Tür.

Ich versuchte, meinen Atem zu beruhigen, als die Tür geöffnet wurde. Mona stand mir gegenüber. Sie lächelte mich wissend an und machte die Tür weiter auf. »Komm rein… *Derek.*«

Ich folgte ihr vorsichtig und sah mich im Flur um.

»Setz dich doch ins Wohnzimmer. Ich gehe Kiev holen.«

»Danke.«

Ich war so dankbar, dass sie da war. Falls ich etwas Falsches sagen und Kiev ausrasten sollte, dann war sie stark genug, um einschreiten zu können.

Kiev betrat den Raum, blieb aber wie angewurzelt im Gang stehen, als er mich erblickte.

Ich stand auf und näherte mich ihm vorsichtig.

»Kiev«, sagte ich und erwiderte seinen Blick, obwohl er mich einschüchterte. »Ich bin gekommen, um mich zu entschuldigen.«

Kievs Gesicht blieb reglos. Es war unmöglich, seinen Ausdruck zu deuten. *Es hätte mir längst klar sein sollen, dass sie verwandt sind.*

»Ich habe zugelassen, dass Erinnerungen aus der Vergangenheit und meine Vorurteile mich geblendet und verhindert haben, zu sehen, was jetzt vor mir steht. Ich habe mit Matteo gesprochen und er versichert mir, dass du dich geändert hast. Du hast uns vor Annora gerettet, uns Anna zurückgebracht und jetzt haben Mona und du zugestimmt, hierzubleiben, um unsere Insel zu beschützen. Ich bin nicht sicher, ob ich den Schmerz vergessen kann, den du uns zugefügt hast, aber ich möchte mich entschuldigen und zumindest versuchen, die Vergangenheit hinter uns zu lassen.«

Ich hoffte, als Derek nicht zu schnulzig geklungen zu haben. Aber als ich meine Hand ausstreckte, ergriff Kiev sie.

»Okay, Novak.«

Ich trat zurück und räusperte mich. »Gut, ich mache mich wieder los. Aber ich würde euch gern morgen zum Essen einladen, wenn ihr einverstanden seid.«

Er nickte langsam. Mona trat an seine Seite. »Wir kommen, Derek«, sagte sie grinsend und hakte sich bei Kiev ein.

»Gut. Sagen wir um vier?«

»Perfekt«, antwortete Mona.

Die beiden traten zur Seite, als ich nach draußen ging. Ich öffnete die Eingangstür und trat in den Vorgarten, der zum Strand führte. Ich drehte mich noch einmal um und lächelte Mona zu, als sie die Tür schloss.

Morgen um vier. Ich hätte sie auch früher einladen

können, zum Essen heute Abend. Auch so hätte ich sicher mehr als genug Zeit, mich zurückzuverwandeln. Aber ich hatte auf Nummer sicher gehen wollen. Ich sah mich auf dem Strand um und als ich niemanden entdeckte, rauschte ich in den Wald. Ich lief so schnell ich konnte und warf die Eichentür hinter mir zu, als ich wieder in der Heiligen Stätte angekommen war.

Ich eilte auf der Suche nach Corrine von einem Zimmer zum nächsten. Sie saß mit Ibrahim ins Gespräch vertieft am Küchentisch. Beide sahen auf, als ich den Raum betrat.

»Und?«, fragte Corrine. »Wie ist es gelaufen?«

»Es lief gut«, antwortete ich. »Kiev hat Dereks Entschuldigung angenommen.« Ich ließ mich auf einen Stuhl fallen und sah von Corrine zu Ibrahim.

»Und jetzt?«, fragte er.

»Ich habe Kiev und Mona zum Essen eingeladen, morgen um vier.« Ich sah Corrine nervös an. »Ich schätze, dass wir jetzt einfach warten müssen, bis ich mich zurückverwandele. Ich hoffe, dass sich Derek und Kiev in der Zwischenzeit nicht über den Weg laufen. Heute Abend sollte ich doch schon wieder ich sein, oder?«

Corrine schob sich den Ärmel zurück und sah auf die Uhr.

»Ja, das solltest du.«

Und so wartete ich mit Corrine und Ibrahim am Küchentisch. Wir unterhielten uns, während wir meiner

Verwandlung entgegenfieberten. Wir warteten eine Stunde. Dann zwei. Dann drei. Dann vier.

Als die Zeit vorangeschritten war, konnte selbst Corrine ihre Sorge nicht länger verstecken. Mein Magen verkrampfte sich.

Ich stand auf und ging zum Spiegel, trat ganz nah an ihn heran und blickte in Dereks Gesicht. Ich rieb mir über die Haut und bemühte mich, auch nur die kleinste Veränderung zu entdecken.

Komm schon, Derek.

Es war inzwischen fast zehn Uhr. Ich hatte es verpasst, den Zwillingen ihr Abendessen zu kochen. Sie würden sich fragen, wo um alles auf der Welt ich steckte. Derek war mich vielleicht schon suchen gegangen.

»Warum kann ich mich nicht zurückverwandeln?«, fragte ich und rang mir die verschwitzten Hände.

Auch Ibrahim sah inzwischen besorgt aus.

»An welcher Stelle hast du Derek das Haar ausgezupft?«, fragte er.

»An seinem Kopf.«

Er runzelte die Stirn. »Und woher kam Kievs Haar?«

»Mona hat es ihm vom Bein gezupft.«

»Hm.«

»Was?«

»Ich vermute, dass ein Haar vom Kopf einfach kräftiger ist als ein Haar vom Bein.«

Mein Hals wurde trocken. »Wie lange wird es dauern?«, krächzte ich. »Werde ich morgen Mittag zum Essen wieder ich selber sein?«

»Ich weiß es nicht.«

»Aber gibt es denn kein Gegenmittel? Kann man die Rückverwandlung nicht erzwingen?«

»Doch, das können wir«, sagte Corrine, kam auf mich zu und legte mir den Arm um die Schulter. »Aber diese Art von Zauber verfällt am besten auf natürlichem Weg. Manchmal kann eine erzwungene Rückverwandlung dieser Art… negative Nebenwirkungen haben.«

»Was für Nebenwirkungen?«

»Naja, es könnte sein, dass Königin Sofia ein unschöner Bart wächst.«

Ich fluchte leise. Dann sah ich wieder auf die Uhr. *Gott sei Dank habe ich sie nicht zum Abendessen eingeladen.*

»Kann Mona nicht etwas unternehmen? Sie hat doch sicher-«

»Das kann sie bestimmt. Aber auch so hat alles Risiken und Nebenwirkungen, genauso, wie wenn ich deine Rückverwandlung erzwinge.«

»Aber ich werde mich doch wieder zurückverwandeln, oder?«, fragte ich mit zitternder Stimme.

»Ja«, sagte Ibrahim. »Mach dir keine Sorgen. Der Zauber wird verblassen. Es ist nur eine Frage der Zeit.«

Zeit. Das ist genau das, was ich nicht habe.

Caleb

Als wir in das Innere des Helikopters gezogen wurden, sah ich mich in seinem dunklen Inneren um. Vor uns standen drei schwarz gekleidete Männer. Masken verdeckten ihre Gesichter. Die Tür schloss sich hinter uns und sie begannen, den Käfig zu umkreisen.

»Wer seid ihr?«, zischte ich.

Der Mann, der mir am nächsten stand, trat an die Gitter heran und seine blauen Augen bohrten sich in meine.

»Es war dumm von euch, wieder an diesen Strand zu kommen.«

»Antworte mir.«

Er lachte und blickte zu den anderen Männern. »Los geht´s!«, schrie er und der Helikopter stieg auf. Mir rauschte das Blut in den Ohren, mein Mund trocknete aus und mein Herz klopfte schneller.

»Du kannst ihnen sagen, wer wir sind«, sagte ein Mann mit braunen Augen mit Blick auf mich.

Der Blauäugige näherte sich dem Käfig wieder. Er zog einen Dolch hervor und fuhr mir über die Finger, die ich um die Gitterstäbe geklammert hatte. Es brannte, aber ich konzentrierte mich darauf, nicht zusammenzuzucken.

»Ihr habt diesen Strand einfach einmal zu oft überfallen, Vampir. Ihr hättet damit rechnen müssen, dass euch inzwischen jemand durchschaut hat. Denkt ihr, dass ihr einfach so Familien auseinanderreißen könnt, ohne Konsequenzen?«

»Wer seid ihr?«, wiederholte ich.

Er hielt inne und sah wieder zu den anderen Männern, bevor er antwortete. »So wie ihr Schlangen seid, sind wir Falken.«

Falken. Mein Blick fiel auf das Tattoo an seinem Handgelenk. Das Zeichen der Falken.

Das sind also Jäger. In all den Jahren der Entführungen waren wir nie einem Jäger begegnet. Ihr Orden war vor fast zwei Jahrzehnten geschlossen worden. Aber ich nahm an, dass es nur eine Frage der Zeit gewesen war, bis wir sie genug gereizt hatten, um sich wieder neu zu formieren.

»Was werdet ihr mit uns machen?«, fragte Demarcus und wischte sich den Schweiß von der Stirn.

Die Jäger ignorierten ihn und gingen durch eine Tür auf der linken Seite aus dem Raum. Ich blickte die acht Vampire an, die mit mir im Käfig gefangen waren. Frieda winselte in einer Ecke. Sie sah aus, als ob sie bald das Bewusstsein verlieren würde.

Ich hatte gewusst, dass ich einen Fehler beging, indem ich an denselben Strand zurückkehrte. Ich hatte es in meinen Knochen gespürt. Und dennoch hatte ich es riskiert – hatte mein Leben und das meiner Gefährten aufs Spiel gesetzt.

Keiner von uns sprach ein Wort, bis der Helikopter zum Sinkflug ansetzte. Mein Magen verkrampfte sich, als wir sanken und wenige Minuten später rüttelte alles, als wir landeten.

Schritte erklangen über uns und zwei Männer betraten die Kammer. Sie gingen um den Käfig herum und befestigten Metallketten an den Gittern.

Eine Seitentür öffnete sich. Mehrere Männer kamen in den Raum. Sie alle packten die Ketten, die nun an unserem Käfig angebracht waren, und zogen uns derb eine Rampe hinunter. Wir schlugen auf dem Boden auf. Wir mussten uns an den Gittern festhalten, damit wir nicht aufeinander fielen. Frieda war zu schwach dafür. Sie schlitterte über den Boden und ihr Kopf schlug dumpf gegen die Gitterstäbe.

Als sie uns vom Helikopter wegzerrten, blickte ich mich über die Käfigränder um. Wir waren auf einem Felsen gelandet. Das Meer glitzerte unter dem abnehmenden fernen Mond und wenige hundert Meter weiter sah ich steile Klippen. Ich musterte unsere Fänger. Inzwischen waren zehn von ihnen aus dem Helikopter gestiegen und starrten uns ihrerseits an.

Der blauäugige Mann zog seine Maske ab. Sein Kiefer war kantig und mit einem borstigen schwarzen Bart bedeckt. Seine Haut war gebräunt, seine Nase lang und spitz. Die anderen Männer folgten ihm und enthüllten zum ersten Mal ihre Gesichter. Alle bis auf eine Ausnahme waren Männer. Die Frau sah aber genauso rau aus wie die anderen. Kantige Züge, mit Narben bedeckt. Sie alle sahen aus wie Militärveteranen.

Sie versammelten sich und begannen, leise miteinander zu reden. Dennoch konnte ich natürlich trotzdem jedes Wort verstehen, das gesprochen wurde.

»Anthony, was machen wir zuerst?«, fragte die Frau und sah den blauäugigen Mann an.

Anthony warf uns einen Blick zu.

»Bringt unsere Familien her.«

»Jetzt schon?«

»Ja. Sie werden jeden einzelnen Augenblick mit ansehen wollen.«

Die Frau nickte mit eisernem und entschlossenem Gesicht und eilte zu einem kleineren Helikopter, der etwa fünfzehn Meter von dem Helikopter geparkt war, mit dem wir angekommen waren. Sie stieg mit drei weiteren Männern ein und hob ab.

Ich richtete meine Aufmerksamkeit wieder auf Anthony.

»Ihr habt gefragt, was wir mit euch machen werden. Ihr werdet nicht lange warten müssen, um es herauszufinden. Keine Sorge.«

Wenn diese Jäger so mächtig waren wir die Jäger, die vor zwanzig Jahren im Königreich der Menschen gekämpft hatten, hatten wir praktisch keine Chance, zu überleben. Als ich in die aschgrauen Gesichter meiner Gefährten sah, war ich sicher, dass auch sie das wussten.

Von Mann zu Mann hätten sie keine Chance gegen uns gehabt. Aber die Technologie, über die sie verfügten, reichte aus, um uns zu besiegen. Ein Schuss ihrer Kugeln in unser Fleisch und wir würden lebendig von innen her verbrennen.

»Declan, Crispian«, rief Anthony. »Wir sollten das Spektakel vorbereiten.«

Zwei Männer rannten die Rampe in den Helikopter hinauf und kamen einige Minuten später mit Metallkisten zurück.

»Da die Polizei nutzlos ist, habt ihr sicher Verständnis dafür, dass wir diese Angelegenheit selbst in die Hand genommen haben. Es tut mir so leid«, sagte Anthony mit gespieltem Mitgefühl. »Du bist der Anführer dieses Haufens?«

Ich antwortete nicht, aber es schien auch nicht so, als ob er meine Antwort noch brauchte. Er hatte bereits gesehen, wie ich die Gruppe auf dem Weg zum U-Boot angeführt hatte, als wir über den Strand gelaufen waren.

Ich sah zum Horizont. Die Sonne würde bald aufgehen. Ich blickte an die Decke des Käfigs, in dem wir steckten. Sie war geschlossen und hatte keine Löcher. Aber die Sonne würde genau durch die Gitterstäbe an den Seiten scheinen. Es gab kein Entkommen. Vielleicht war das ihr Plan.

Die Männer öffneten die Kisten und begannen, eine Vielfalt von Waffen auszupacken, von denen ich die meisten noch nie zuvor gesehen hatte und nicht wusste, wie sie hießen. Aber sie alle waren ganz offensichtlich Folterinstrumente. Scharfe Haken, Metzgermesser, Ketten und Handschellen. Holzpfähle. Und Waffen. Viele Waffen. Nach einem Blick auf das Arsenal, das sie vor uns ausbreiteten, waren mir ihre Absichten klar. *Folterinstrumente und dann Waffen, um die Sache zu beenden.*

»Wisst ihr«, sagte Anthony, während sie die Kisten auspackten, »wir konnten es einfach nicht riskieren, euch der Polizei zu übergeben. Sie würden euch wahrscheinlich verlieren. Wir mussten uns selbst um diese Angelegenheit kümmern. Ich bin sicher, dass ihr das versteht.«

Anthony beugte sich vor und nahm mit einer Hand einen Pfahl hoch, mit der anderen einen Dolch. Dann kniete er sich hin und stützte das Holz gegen sein Knie, als er begann, die Spitze zu schärfen.

Ich weigerte mich immer noch, mit ihm zu reden. Mein Gesicht blieb ausdruckslos. Wenn dies meine letzte Stunde sein sollte, dann würde ich ihnen nicht noch mehr Genugtuung geben, als sie sowieso daraus zogen, uns hier wie Tiere im Käfig einzusperren.

Ich drehte ihm den Rücken zu, während er weiter seinen Pfahl spitzte und sah meine Gefährten an. Ich blickte in ihre entmutigten Gesichter. Obwohl ich sie seit vielen Jahren kannte, hatten wir nie viel miteinander zu tun gehabt. Unsere Beziehung war rein sachlicher Natur. Ich bezweifelte, dass sie sich untereinander näher kannten. Alle auf der Insel taten einfach, was nötig war, um über die Runden zu kommen und Probleme zu vermeiden. Ich hätte genauso gut in der Gegenwart von Fremden sterben können.

Ich trat an die andere Seite des Käfigs und starrte auf den heller werdenden Himmel. Eine kalte Brise fuhr durch mein Haar und trug mir den Duft blühender Blumen zu.

Ich versuchte, ruhig zu bleiben und nicht mehr daran zu denken, was diese Jäger uns wohl antun würden.

Schon bald ertönte das Geräusch des kleinen Helikopters wieder hinter den Felsen. Ein Haufen Menschen stürzte aus dem Helikopter, als dieser gelandet war. Mehr als ein Dutzend. Frauen und Männer, Junge und Alte. Sie gingen auf die Männer zu, die ihre Waffen vorbereiteten und starrten auf unseren Käfig. Hass brannte in ihren Augen.

Anthony kam mit einer jungen Frau und einem älteren Mann auf uns zu. »Ich möchte euch Stacy, meine Frau, und Raymond, meinen Schwiegervater, vorstellen. Erinnert ihr euch daran, Tobias entführt zu haben? Meinen Schwager? Ich glaube nicht.«

Ein weiterer Jäger kam zu uns und seine Lippen zitterten, während er die Hand eines Jugendlichen hielt. »Was ist mit Justin, meinem Sohn, passiert? Warum erklärt ihr Sean hier nicht, wo sein Bruder ist?«

Weitere Jäger kamen an den Käfig und stellten sich einer nach dem anderen vor. Ich blickte auf den Boden, als ich ihnen nicht länger in die Augen sehen konnte.

»Versteht, ihr Vampire?«, sagte Anthony durch die Menge. »Es gibt noch viele mehr wie uns. Ihr seht hier nur einen kleinen Teil all der Leben, die ihr zerstört habt.«

Da die Falken nicht mehr auf der Erde waren, um die Mission der Jäger in ihrem eigenen Interesse zu manipulieren, war das Ziel dieser Menschen hier sehr einfach zu erklären. Rache. Und wir konnten es ihnen nicht verdenken. Ich selbst hätte mich ihnen angeschlossen, wenn ich kein Vampir gewesen wäre.

»Unsere Organisation ist noch klein. Aber wir wachsen schnell. Wir sammeln Geld und investieren in Wachen,

Überwachungssysteme, Flugzeuge und das Training neuer Einheiten. Viele haben immer noch Angst. Deshalb sind Begegnungen wie diese so wichtig. Begegnungen, in denen wir zeigen können, dass ihr hinter Gittern nichts anderes seid als Tiere. Tiere, die gezähmt werden können… vielleicht. Wollen wir doch mal sehen, wie verzweifelt ihr sein müsst, um gezähmt zu werden.«

Er hielt inne und musterte mit kalten Augen den Käfig. Sein Blick verweilte bei Frieda, die in einer Ecke zusammengerollt lag und ihre blutenden Stümpfe versorgte.

»Wir werden mit der Schwächsten beginnen, in Ordnung? Um sie von ihrem Leiden zu erlösen.«

Ein zustimmendes Raunen fuhr durch die Versammlung.

Frieda schrie auf und kauerte sich noch weiter in ihrer Ecke zusammen. Zwei Jäger umkreisten den Käfig mit Pfählen und stießen sie ihr in den Rücken, um sie in die Mitte des Käfigs zu schubsen. Fünf Männer zielten mit ihren Waffen auf uns, als Anthony sich dem Eingang des Käfigs näherte.

»Eine Bewegung von euch und meine Männer erschießen euch.« Sein Blick war starr auf Frieda gerichtet. »Komm her, Mädchen, komm schon.« Er lockte sie, als wenn er einen Hund zu sich rufen würde.

Ihre Augen funkelten vor Demütigung wütend auf. Aber

sie war hilflos. Wir alle waren hilflos. Eine Bewegung und die Kugeln würden sich in unseren Körper graben und uns von innen her verbrennen. Anthony betrat den Käfig, packte Frieda am Arm und hielt ihr eine Waffe an die Schläfe. Er zog sie nach draußen, während sie schrie. Eine Frau verschloss die Käfigtür wieder hinter ihm, als er auf den freien Platz vor dem Käfig trat. Er stieß Frieda ins Gras, wo wir sie alle sehen konnten.

»Schaut alle gut zu«, sagte Anthony an die Jäger gewandt. »Kommt nach vorn, wenn ihr nichts seht.«

Er nahm eine Machete und ließ sie auf ihren rechten Arm herunterschnellen. Blut spritzte in alle Richtungen und nässte das Gras. Friedas Schreie wären zu einem Tauben durchgedrungen.

Sie wand sich so heftig auf dem Boden, dass vier Männer sie stillhalten mussten. Sie versuchte, mit ihren verbleibenden Klauen nach ihnen zu stoßen und sie mit ihren Fängen zu beißen, aber ihr wurde ein Metallknebel in den Mund gestopft und um ihren Kopf herum festgebunden. Die anderen Männer hoben ihre Pfähle und stießen sie ihr durch die Schultern, womit sie sie am Boden festnagelten.

Die Leute zuckten vor Erwartung. Sie hungerten nach Blut. Nach Tod.

Anthony beugte sich über sie und schnitt mit seinem Messer ihre Kleider durch. Dann ritzte er ihr mit der

Messerspitze das Siegel der Falken in die Haut. Blut tropfte aus den Schnitten.

Sie verlängerten ihre Qual nicht weiter. Anthony nahm einem der Männer einen Pfahl ab und stieß ihn in ihren Hals. Dann zog er ihn heraus und rammte ihn ihr ins Herz.

Die ersten schwachen Sonnenstrahlen brachen nun am Horizont hervor. Die anderen Vampire und ich ließen uns zu Boden fallen, um nicht von ihnen getroffen zu werden. In ein paar Minuten, vielleicht in einer halben Stunde würde die Sonne in einem Winkel stehen, in dem wir ihren Strahlen nicht mehr entgehen konnten. Wir würden lebendig verbrennen, wenn sie nicht beschlossen, uns vorher zu töten.

»Keine Sorge«, sagte Anthony mit glänzenden Augen, als er Friedas Kopf abtrennte. Er rammte einen Pfahl in den Boden und spießte Friedas Kopf darauf auf. »Ihr werdet nicht lange genug hierbleiben, dass die Sonne uns den ganzen Spaß verderben könnte.«

Sofia

Ich verbrachte die Nacht in der Heiligen Stätte. Ich musste Corrine bitten, Derek einen Spätabend-Besuch abzustatten. Sie erklärte ihm, dass ich zum Abendessen bei ihr geblieben war und etwas zu viel getrunken hatte. Sie erzählte ihm, dass ich bereits auf ihrem Sofa eingeschlafen war und morgen nach Hause kommen würde. Es war nicht die glaubhafteste Geschichte, da Derek wusste, dass ich mich normalerweise nicht betrank, aber es war das Beste, was mir in meinem aufgeregten Zustand eingefallen war.

Zu meinem Schreck war ich am nächsten Tag, als die Uhr halb drei anzeigte, immer noch nicht wieder ich selbst.

»Corrine«, sagte ich mit zitternder Stimme. »Du und Ibrahim müsst mir helfen.«

»Hey, das Ganze war nicht meine Idee.«

»Ich weiß, ich weiß. Aber es wird alles umsonst gewesen sein, wenn die beiden nicht wenigstens eine wirkliche Begegnung miteinander haben, in der sie sich zivilisiert benehmen.«

»Das ist ja alles gut und schön, aber was soll ich Derek erzählen? Er wird sich fragen, wo zum Teufel seine Frau steckt.«

»Sag ihm einfach…« Ich verstummte, als ich mir den Kopf zerbrach. »Sag ihm einfach, dass ich bei Anna bin. Ich habe die Heilige Stätte verlassen und beschlossen, sie und Kyle besuchen zu gehen.«

Corrine starrte mich mit hochgezogenen Augenbrauen an. »Das ist doch Unfug. Derek wird mir das nie abkaufen. Er hatte ja schon seine Zweifel an der Geschichte, die ich ihm gestern erzählt habe. Außerdem wird er sich wundern, warum Kiev plötzlich vor seiner Tür steht.«

»Sag Derek einfach, dass ich Kiev zum Essen eingeladen habe, ohne ihm davon zu erzählen, weil ich gehofft habe, dass sich die beiden versöhnen könnten. In Vorbereitung auf dieses Essen ist Kiev dann gestern ohne mein Wissen zu Derek gegangen, um sich zu entschuldigen, damit die Stimmung heute nicht angespannt wird. Sag Derek, dass ich dich auch eingeladen habe. Er wird glauben, dass mir bei Anna etwas dazwischen gekommen ist, und du kannst ihn damit beruhigen, dass ich bestimmt bald nach Hause komme.«

»Aber-«

Ich durchquerte den Raum und packte Corrine – etwas zu harsch – an den Schultern.

»Autsch«, sagte sie gereizt und wand sich aus meinem Griff heraus.

»Entschuldigung. Aber, bitte, Corrine, ich flehe dich an. Du musst mir aushelfen. Ich weiß, dass die Geschichte blöd ist. Aber wir müssen die beiden zusammenbringen, okay? Ibrahim kann dich begleiten.«

Sie grübelte, wobei sie sich auf die Lippe biss. »Ibrahim!«, rief sie.

Erleichtert atmete ich auf.

Er kam ins Zimmer.

»Was?«

»Wie du siehst, hat sich Sofia immer noch nicht wieder zurückverwandelt. Sie wird hierbleiben müssen, während wir losgehen und Derek mit seinen Essensgästen aushelfen.«

Ibrahim sah gar nicht begeistert aus, in diese Sache mit hineingezogen zu werden.

Er öffnete den Mund, aber ich platzte einfach vor ihm heraus: »Versucht einfach mit allen Mitteln, das Gespräch von den Begegnungen wegzulenken, die sie gestern miteinander gehabt haben. Sie werden nicht sehr gesprächig sein, also müsst ihr beiden das Gespräch einfach in eine andere Richtung lenken. Vergesst nicht, dass Mona auch da sein wird. Sie ist klug genug, um zu merken, was passiert ist, und sie wird helfen, das Gespräch unter Kontrolle zu behalten.«

Corrine sah gleich weniger angespannt aus, als ich Mona erwähnte. »Na gut, ich werde mein Bestes tun.« Sie sah zu Ibrahim. »Kommst du mit mir?«

Er seufzte. »Na schön.«

»Zum Glück sind Vampire einfach zu ernähren«, brummte sie. »Ich schätze, dass ich den Zwillingen und auch für uns Hexen etwas kochen muss.«

»Du solltest dich lieber beeilen«, sagte ich mit einem Blick auf die Uhr, auf der weitere zehn Minuten verstrichen waren. Ich betete, dass Kiev und Mona nicht zu früh kommen würden.

Corrine nahm Ibrahims Hand und sie verschwanden.

Ich seufzte schwer und setzte mich wieder. Ich klopfte mit den Fingern auf dem Tisch und beobachtete angestrengt meine Hände, um irgendeine Veränderung zu bemerken.

Aber eine weitere Stunde verging und Dereks große Hände machten nicht den leisesten Anschein, auch nur etwas kleiner zu werden. Ich stand auf und lief durch die Gänge der Heiligen Stätte, um mich abzulenken. Aber es war unmöglich, nicht an die fortschreitende Zeit zu denken.

Eine zweite Stunde verging. Dann eine dritte.

Ich war überrascht, dass Corrine und Ibrahim noch nicht zurückgekehrt waren. Ich war davon ausgegangen, dass das Essen nicht länger als eine, vielleicht anderthalb Stunden dauern würde. Das konnte nur zwei Dinge bedeuten: Entweder verlief das Treffen außergewöhnlich gut oder es verlief ganz furchtbar schrecklich.

Schweiß bildete sich auf meiner Augenbraue, als ich in Corrines Esszimmer zurückging und mich wieder an den Tisch setzte.

Beinhaar. Ich hätte ihm ein verdammtes Beinhaar auszupfen sollen.

Endlich tauchten Corrine und Ibrahim wieder in der Küche auf. Mein Magen verkrampfte sich, als ich ihre Gesichter sah.

»Was ist passiert?«, fragte ich und sprang auf.

Corrine kam zu mir und nahm meine Hand.

»Vivienne hatte eine Vision. Ich habe so lange wie möglich versucht, das hinauszuzögern, aber du musst jetzt unbedingt zu Derek zurückkehren.«

»Aber-«

Corrine ignorierte meinen Widerspruch. Sie nahm meine Hand noch fester und wir beide verschwanden.

Caleb

»Wir werden den Anführer als Letzten töten«, sagte Anthony. »Es ist nur gerecht, dass er am längsten leidet.«

Die fünf Männer zielten erneut mit ihren Waffen auf uns, als Anthony den Käfig betrat. Er zog Demarcus heraus. Dieses Mal ertrug ich es nicht, zuzusehen, aber aus Demarcus´ Schreien schloss ich, dass sie nicht gnädiger mit ihm umgingen, als sie es mit Frieda getan hatten. Ich zuckte beim Geräusch seines Gurgelns und dem letzten Zerreißen von Fleisch zusammen.

Die Sonne stand inzwischen tückisch hoch. Ihre Strahlen verbrannten meine rechte Schulter. Ich versuchte, mich weiter in den Schatten zu drängen, aber die anderen übriggebliebenen Vampire hatten dieselbe Idee gehabt.

Anthony holte einen nach dem anderen aus dem Käfig. Jemand aus der Menge beschwerte sich, dass Anthony sie zu schnell tötete und so wurde meine Wartezeit noch länger.

Als der Kopf meines letzten Gefährten auf dem Pfahl steckte, brannte meine Haut bereits. Ich hatte mir das Hemd ausgezogen und versuchte, mir damit Schatten zu schaffen. Aber der Stoff war abgetragen und dünn.

Das Gitter öffnete sich ein letztes Mal knarrend, als Anthony eintrat und seine schweren Stiefel auf dem Metallboden dröhnten.

Er beugte sich vor, packte mein Haar und legte mir die Gewehrmündung an den Hals. Er stieß mich mit der Waffe, sodass ich gezwungen war, aufzustehen. Als ich aus dem Käfig trat, blendete mich die Morgensonne. Ich musste blinzeln und selbst so sah ich alles nur verschwommen.

Anthony riss mir das Hemd aus den Händen und die Sonne brannte mir auf die nackte Brust. Mein Körper zuckte vor Qual, als ob mir tausend Dolche gleichzeitig in die Haut gestoßen würden.

Er stieß mich auf die Knie. Eine Kette legte sich wie ein Halsband um meinen Hals. Sie würden mich demütigen, bevor sie mich töten und zusehen würden, wie das Leben aus mir wich, während ich hilflos wie ein Tier vor ihnen liegen würde.

Nein.

Vielleicht sterbe ich an diesem Morgen, aber nicht so.

Ich zwang mich, die Augen zu öffnen und sah zu den Klippen hinüber. Ich glaubte nicht, dass ich einen Fall überleben würde, aber ich zog es vor, selbst mein Leben zu beenden, als dass es mir diese Jäger nahmen. Natürlich war es möglich, dass sie mir vorher eine Kugel in den Rücken jagten, bevor ich überhaupt die Klippen erreichte. Aber einen Versuch war es wert. Was hatte ich schließlich schon zu verlieren?

Ich hatte nicht mal ansatzweise einen Plan. Mein Adrenalin übernahm einfach die Führung.

Ich atmete tief durch und spürte, wie mein Herz in meiner Brust hämmerte. Als Anthony fertig war, den Pfahl zu spitzen und die Männer sich näherten, um mich zu Boden zu zwingen, sprang ich auf, schleuderte meinen Ellbogen nach hinten und traf Anthonys Kiefer. Meine plötzliche Bewegung brachte ihn aus dem Gleichgewicht. Mir blieben nur wenige Sekunden, bevor sie schießen würden. Ich packte Anthony, umklammerte seinen Hals und hielt ihn wie ein Schutzschild vor mich, während ich rückwärts auf die Klippen zuging.

Die Männer versuchten, hinter mir herzurennen, aber ich war zu schnell. Schon bald war ich an den Klippen angekommen. Sie konnten nicht auf mich schießen, ohne Anthony dabei zu treffen. Anthony versuchte, sich gegen mich zur Wehr zu setzen, aber ohne seine Waffen konnte er es nicht mit meiner Stärke aufnehmen – obwohl mich die Sonne quälte. Ich fuhr meine Klauen aus und hielt sie ihm an den Hals.

»Hör auf zu zappeln oder ich schneide dir den Hals auf«, knurrte ich ihm ins Ohr.

Er lachte trocken.

»Was ist dein Plan, Vampir? Verrat es mir. Wenn du mich tötest, hält diese Männer nichts mehr davon ab, auf dich zu schießen. Und wenn du mich nicht tötest, wirst du trotzdem nicht lange hier stehen können, ohne dass die Sonne dich bei lebendigem Leib verbrennt.«

Er hatte Recht. Ich bezweifelte, dass ich länger als höchstens eine Stunde aushalten würde, hier stehen zu bleiben, während die Sonne auf mich niederprasselte. Vor mir standen zehn bewaffnete angriffsbereite Männer, die in dem Augenblick auf mich schießen würden, in dem ich ihnen die Gelegenheit bot.

Ich versuchte, mein rasendes Herz zu beruhigen und stieß Anthony vor mir auf den Boden. Ein ganzes Kugelkonzert erklang. Ich drehte mich der Sonne und dem Abgrund zu und stieß mich mit aller Kraft, die ich noch in den Beinen hatte, ab. Kugeln streiften meine Haut, als ich fiel.

Meine Gliedmaßen stießen gegen vorspringende Felsen, ich hörte Knochen splittern, als ich in freiem Fall nach unten wirbelte. Ich war mir sicher, dass ich mir ein Bein gebrochen hatte. Der Wind, der an meinen Ohren tobte, machte mich taub. Ich wusste nicht, wo ich aufschlagen würde. Ob das Wasser dort tief genug war, dass ich überleben konnte. Ich hatte vor meinem Sprung keine Zeit gehabt, mir darüber Gedanken zu machen.

Die Jäger hatten uns in dem Glauben auf diese Anhöhe gebracht, dass nicht einmal ein Vampir verrückt genug sein würde, von den Klippen zu springen.

Aber sie hatten nicht mit der Verrücktheit von Caleb Achilles gerechnet.

Sofia

Wir tauchten im Penthouse auf. Ich hatte Angst, meine Augen zu öffnen, als ich den weichen Teppich unter meinen Füßen spürte. Ich hörte, wie Leute im Zimmer nach Luft schnappten.

Derek saß auf der Couch, einen Arm um Vivienne gelegt, die unkontrollierbar zitterte. Seine Kinnlade fiel herunter, als er mich sah. Xavier saß neben ihnen, genauso verdutzt. Ben und Rose, die auch auf der Couch saßen, schauten mich erschrocken und verwirrt an. Ihre Augen wanderten von ihrem Vater zu… ihrem Vater.

Ich hatte damit gerechnet, auch Kiev und Mona zu sehen, aber sie waren nicht da. Ich hätte wahrscheinlich dankbar sein sollen, dass zumindest Kiev der Anblick des zweiten Derek erspart blieb.

»Was zum-?«, fluchte Derek. Er sah aus, als ob er einen Geist gesehen hätte.

Ich stellte mir vor, wie bizarr es für mich wäre, wenn ich mir selbst im Wohnzimmer gegenüber stände.

»Du wolltest Sofia sehen«, sagte Corrine und schob mich vorwärts.

Ich machte einen Schritt nach vorn und zuckte, als ich meinen Mann sah. »Ich bin es«, sagte ich in Dereks tiefer Stimme.

»Was-Wie?«

»Das ist eine lange Geschichte«, sagte ich und war im Begriff, auf Derek zuzugehen und ihm eine Hand auf die Schulter zu legen, aber ich hielt mich zurück. Meinen Mann anzufassen, würde ihn in dieser Situation sicher kaum beruhigen. »Ich werde dir alles erklären, das verspreche ich. Aber…« Ich ging näher an das Sofa heran und schaute zu Vivienne hinunter. »Was ist passiert?«

Da sich anscheinend alle noch von dem Schreck erholten, mich so zu sehen, antwortete mir Corrine. »Vivienne kam wenige Minuten, nachdem Kiev und Mona gegangen waren. Sie hat eine Vision gehabt. Es scheint, dass sie sie immer noch hat.«

Ich ging auf meine Schwägerin zu.

»Was ist los, Vivienne? Was hast du gesehen?«

Sie stöhnte und zitterte in Dereks Armen weiter.

Vivienne war in ihrer eigenen Welt abgetaucht, weshalb sie nicht einmal bemerkt zu haben schien, dass es zwei Dereks im Raum gab. Ich beugte mich zu ihr und strich ihr mit der Hand sanft über die Wange.

Ihre Augen öffneten sich zuckend, aber ihr Blick war glasig und fremd. Ihre Lippen zitterten, als sie ansetzte, zu sprechen.

»Die Zeit verrinnt«, sagte sie mit kaum hörbarer Stimme.

»Was meinst du?«, drängte ich.

»Es kommt näher. Zu nah.«

»Was ist es?«

Ich sah Derek an, der mich immer noch verwirrt anschaute.

»Was hast du gesehen, Vivienne?«, drängte nun auch Xavier, der sich zwang, seinen Blick von uns abzuwenden und seine Frau anzuschauen.

»Derek und Sofia«, murmelte sie. Ihre Augen verdrehten sich und sie schloss sie wieder. Sie bewegte zwar die Lippen, sagte aber nichts mehr.

Xavier stand auf und hob Vivienne in seine Arme. »Ich denke, dass sie Ruhe braucht.« Seine Stimme zitterte, als er uns ansah.

»Bleibt heute Nacht bei uns«, sagte Derek. »Ich will nach ihr sehen können.« Er stand auf und führte sie in ein leeres Schlafzimmer.

Ich war mit meinen Zwillingen allein. Sie starrten mich mit offenen Mündern an.

»Mama?«

»Ja«, seufzte ich und fuhr mir durchs Haar.

»Wie? Warum?«

Ich wollte gerade antworten, als Derek den Raum betrat. Er warf Corrine einen finsteren Blick zu, packte meinen Arm und zog mich aus dem Wohnzimmer in unser Schlafzimmer.

»Erklär es mir.«

Ich seufzte und setzte mich auf die Bettkante.

»Ich wollte das Eis zwischen dir und Kiev brechen«, sagte ich. »Also habe ich euch beiden eine Entschuldigung des jeweils anderen gegeben. Ich habe ein Gebräu zu mir genommen, zwei Gebräue. Eins, um mich in Kiev zu verwandeln-«

»Du hast dich in Kiev verwandelt?«

»Ja«, sagte ich und machte mich auf seine Reaktion gefasst. »Dann habe ich dich im Arbeitszimmer besucht und mich entschuldigt. Und genauso bin ich danach als Derek zu Kiev gegangen und habe ihn zum Essen eingeladen…«

Derek gaffte mich an. »Ich kann nicht fassen, dass du das getan hast.«

»Ehrlich?«, sagte ich, während mein Blutdruck anstieg. »Wenn du nicht so stur gewesen wärst, hätte ich nicht zu solch extremen Mitteln greifen müssen. Glaubst du, es gefällt mir, ein haariger Mann zu sein? Häh? Und jetzt, wo der Zauber einfach nicht mehr verschwindet-« Mir versagte die Stimme. Es war eigenartig, Dereks Stimme zu hören, die sentimental wie die eines Mädchens klang.

»Was? Wie meinst du das, dass er nicht verschwindet?«

»Er hätte schon gestern vorbei sein sollen«, sagte ich und versuchte, meine Stimme unter Kontrolle zu behalten und meine Tränen zu unterdrücken.

»Was sagt Corrine dazu?«

»Sie sagt, dass er schon vorübergehen wird. Ich reagiere wahrscheinlich einfach nur über, okay? Ich hatte einen langen Tag. Der Zauber wird schon verschwinden.«

Er beugte sich über mich und wollte mich berühren, wahrscheinlich, um mich zu trösten, aber dann trat er zurück.

»Hm, grrh, ich kann das nicht.«

»Brauchst du auch nicht. Es ist eigenartig.« Ich atmete aus und sah zu ihm auf. Ich wollte das Thema wechseln. »Wie ist das Essen gelaufen?«

»Ganz gut«, brummte er und schaute zu Boden. »Kiev und ich haben geredet.«

»Gut.« *Wenigstens war nicht alles umsonst gewesen.*

Ich dachte wieder an Vivienne. Es war viel Zeit vergangen, seit Vivienne zum letzten Mal eine so intensive Vision gehabt hatte, als die Insel von Dunkelheit umgeben war und unter dem Einfluss der Ältesten gestanden hatte. Wir hatten fast zwanzig Jahre ohne ihre unheilvollen Visionen gelebt. Dass sie gerade jetzt eine neue Vision hatte, war das Erschreckendste, was uns seit dem Verschwinden der Zwillinge auf Hawaii passiert war.

Denn Viviennes Visionen, wenn sie auch nicht immer sehr deutlich waren, hatten jedenfalls nie falsch gelegen. Auch Derek schien in Gedanken versunken zu sein. Ich war mir sicher, dass Vivienne auch ihn verstört hatte.

Der Stress des zurückliegenden Tages machte sich bemerkbar. Ich gähnte und rieb mir mit Dereks großen Händen über das Gesicht.

»Vielleicht wird morgen alles klarer sein.«

»Vielleicht.«

»Lass uns ausruhen«, sagte ich, zog mir Ibrahims Hemd aus und legte mich ins Bett.

Derek blieb wie angewurzelt in der Zimmerecke stehen.

»Was?«

»Auch wenn du glaubst, dass ich ein Narzisst bin, Sofia, habe ich kein Bedürfnis danach, mit mir selbst zu schlafen. Ich werde ins leere Schlafzimmer neben Xavier und Vivienne gehen.«

Er drehte sich um und ging zur Tür. Obwohl wir vor Problemen standen, konnte ich mir bei seinem erschrockenen Gesichtsausdruck ein Lachen nicht verkneifen.

Ich nahm sein Kissen und legte es auf mein eigenes, dann platzierte ich Dereks schweren Kopf darauf. »Wie du meinst«, murmelte ich, als er die Tür schloss. »Sei bloß froh, dass Mona Kiev ein Beinhaar ausgerupft hat. Sonst würde Kiev heute Nacht auf dein Kopfkissen sabbern…«

Caleb

Hunderte von Kugeln prasselten auf mich herab. Wenn eine von ihnen mich traf, würde ich von innen verbrennen.

Ich hatte Recht gehabt. Im Sturz hatte ich mir ein Bein gebrochen. Meine rechte Schulter war ausgerenkt. Aber es blieb mir nichts anderes übrig, als meinen gequälten Körper zu bewegen, sobald ich auf dem Wasser aufschlug. Das Salz brannte in meiner Haut, als ich abtauchte und mich von den Klippen entfernte. Ich blickte zurück auf den Felsrand und mir stockte der Atem, als ich sah, was für einen wahnsinnigen Fall ich überlebt hatte. Dann entdeckte ich einen schwarzen Helikopter, der immer dichter über mir flog.

Ich tauchte den Kopf wieder im Wasser ab und zwang

meine schmerzenden Muskeln, tiefer und tiefer zu tauchen. Wenn sie ihren Käfig herabsenken würden, konnten sie mich leicht fangen.

Es wurden immer mehr Kugeln ins Wasser abgefeuert und ich schwamm noch tiefer, obwohl meine Lungen strapaziert wurden und mir schwindelig wurde. Aber ich konnte nicht auftauchen. Ich würde die Luft anhalten, selbst wenn es bedeutete, dass mir die Lungen platzten, nur um nicht in ihren Händen zu sterben.

Als ich den Meeresgrund berührte, wurde es dunkler und obwohl das Salz noch brannte, machten mir die Sonnenstrahlen hier unten weniger aus. Ich schob das Seegras zur Seite und schwamm, wobei mein Bauch den Boden berührte. Ich sah nach oben und entdeckte den Schatten des schwarzen Fliegers mehr als zweihundert Meter entfernt, nicht mehr direkt über mir. Ich schwamm weiter und sah alle paar Minuten wieder nach oben. Der Schatten schien langsam meine Spur zu verlieren.

Ich wartete, bis er mehr als einen halben Kilometer entfernt war, bevor ich meinen schmerzenden Lungen nachgab. Ich tauchte für weniger als zehn Sekunden auf und behielt den Helikopter im Blick, bevor ich wieder abtauchte.

Der Helikopter blieb noch eine gefühlte Stunde lang in meiner Nähe. Obwohl er erneut gefährlich nah kam, gelang es mir, tief genug im Wasser zu bleiben, sodass sie mich nicht entdeckten. Vielleicht dachten sie, dass ich inzwischen tot war. Was auch immer, ich war jedenfalls erleichtert, dass sie keine Taucher auf die Suche nach mir schickten.

Ich schwamm noch stundenlang weiter, viel länger, als ich es meinen Gliedern zugetraut hatte. Erst als der Helikopter völlig verschwunden war, tauchte ich auf.

Hier an der Oberfläche traf mich die volle Kraft der Mittagssonne. Unerbittlich schien sie auf meine Haut hinab und die Flucht vor den Jägern kam mir plötzlich im Vergleich wie ein Kinderspiel vor. Mein Körper war zu schwach, um weiter tief unter der Oberfläche zu schwimmen, und doch konnte ich nicht auftauchen und mich treiben lassen, ohne gebraten zu werden.

Ich griff nach meinem Gürtel. Die kleine Muschel war immer noch an ihm festgebunden. Ich zog mir den Gürtel ab, schnallte ihn mir um den Hals und zog meine Hose aus. Dann wickelte ich sie mir so gut ich konnte um den Oberkörper, um meine Haut zu schützen. Obwohl die Sonne immer noch brannte, hielt sie der dunkle Stoff wenigstens etwas ab.

Ich tauchte erneut auf den Meeresboden ab und riss ein paar Handvoll Seegras heraus. Als ich auftauchte, bedeckte ich damit zusätzlich meine Haut –auch wenn das Ganze nur ein kläglicher Versuch war.

Mein Hals war wie zugeschnürt und mein ganzer Körper

zitterte.

Ich verlor mein Zeitgefühl. Ich wurde immer wieder bewusstlos und mein Körper wurde immer weiter aufs Meer hinausgetragen. Das Wasser wurde zunehmend kälter und zeigte mir an, wie weit ich abdriftete. Der Ozean, der mich vor den Jägern gerettet hatte, wurde jetzt zu meinem Feind. Ich wusste nicht, welche furchtbaren Überraschungen in seinen Tiefen lauern würden. Ich konnte nur hoffen, dass es in dieser Gegend keine Haie gab.

***

Ich wachte auf, als ich das Gefühl hatte, dass Taue an mir zogen und mir den Atem abschnürten. Ich öffnete die Augen. Ich wurde von einem schleimigen braunen Netz umgeben, das mich eingewickelt hatte und mich nach oben zog. Ich war zu schwach, um mich dagegen zu wehren. Meine zerrissene Hose und das Seegras rutschten von mir ab, als ich über eine Kante gezogen wurde und auf hartem Boden landete.

»Hey. Alles gut. Ich hab dich.«

Ich blickte den jungen Mann an, der sich über mich beugte. Aus seinem Mundwinkel hing eine Zigarette und er trug eine blutbefleckte Latzhose.

Ich befand mich auf einem kleinen Boot. Fischernetze lagen vorn und verschiedene Haken und anderes

Fischerzubehör lag auf dem Boden verstreut. Ich entdeckte einen Eingang in den Kabinenraum und verkroch mich dort vor der Sonne.

Der junge Mann folgte mir und lehnte sich gegen den Türrahmen.

»Mein Gott, du siehst ja aus. Was für ein Glück, dass ich dich gefunden habe. Lange hättest du nicht mehr durchge-«

Hunger hatte mich überfallen. Ich stürzte mich auf ihn, packte seinen Hals und warf ihn zu Boden. Ich biss in seine Halsader. Mein Körper bebte, während ich auch noch den letzten Tropfen Blut aus ihm saugte. Keuchend holte ich Luft und ließ ihn fallen, dann lehnte ich mich an die Wand. Sein frisches Blut in meinen Adern war die reinste Ekstase. Dieses Gefühl siegte über meine Schuld.

Ich stand auf und sah mich auf dem Boot um. Unter Deck fand ich ein kleines Bad. Ich sah in den Spiegel. Ich erkannte mich kaum wieder. Jeder Millimeter meiner Haut war mit blauen Flecken und Schwellungen bedeckt. Sicher würde das Blut mir helfen, schneller zu heilen.

Ich setzte mich und gestattete mir ein paar Minuten der Erholung, während mein Körper heilte. Dann stand ich auf. Ich hatte keine Ahnung, wie viel Zeit vergangen war, seit wir von den Jägern am Strand gekidnappt worden waren, aber jetzt, wo ich auf mich allein gestellt war, musste ich versuchen, meine Mission zu erfüllen, selbst wenn ich befürchtete, dass es bereits zu spät war.

Ich eilte in den Kontrollraum. Mein Blick ruhte auf der elektronischen Navigationsanlage. Ich studierte die Karte. Ich war nicht so weit vom Schattenreich entfernt, wie ich befürchtet hatte.

Ich prüfte die Steuerung des Boots. Es war ein kleines Gefährt. Ich wusste nicht, wie viel Benzin es noch hatte, aber ich musste es trotzdem versuchen.

Caleb

Dem Boot ging tatsächlich das Benzin aus, aber zum Glück fand ich einen extra Kanister an Bord.

Es war fast Morgengrauen, als ich die Grenzen des Schattenreichs erreichte. Das Boot schaukelte, als ich gegen die Grenze stieß und dabei die Ausrüstung umhergeworfen wurde.

Ich griff nach der Muschel an meinem Gürtel. Dann holte ich tief Luft und blies hinein. Ich selbst konnte das Geräusch nicht hören, aber wenn Mona noch auf der Insel war, hatte sie mich gehört.

Ich wartete. Und wartete. Dann blies ich erneut in die Muschel.

Nachdem ich eine Stunde gewartet hatte, glaubte ich

schon, dass sie nicht mehr kommen würde. Vielleicht hatte sich der Zauber der Muschel nach all den Jahren abgenutzt. Oder sie war an die Grenze gekommen, hatte mich erkannt und war zurückgekehrt, unwillig, mit mir zu sprechen. Es gab endlos viele Erklärungen.

Aber plötzlich tauchte sie aus dem Nichts wenige Meter entfernt von mir auf dem Deck auf, einen Bademantel umgeschlungen und ihr langes blondes Haar in einem Knoten zusammengebunden. Ich merkte, dass ich eigenartig aussehen musste, weil ich nichts außer meiner Unterhose trug. Zumindest waren meine Wunden inzwischen großteils verheilt.

»Du?« Sie kniff die Augen zusammen. »Was machst du hier?«

»Ich bin hier, um dir einen Handel vorzuschlagen. Ich habe eine Information, die dir nützlich sein wird. Im Gegenzug musst du mir eine Frage beantworten.«

Sie öffnete den Mund und runzelte die Stirn.

»Dir ist klar, dass ich dich und dieses Boot mit einem Fingerschnippen aus dem Wasser wirbeln kann?«

Ich nickte und versuchte, ein ruhiges Gesicht zu behalten, obwohl mein Anliegen dringend war.

»Ich glaube nicht, dass du das tun solltest, bevor du nicht gehört hast, was ich zu sagen habe.«

»Was?«

»Sobald ich es dir gesagt habe, wirst du verschwinden.

Also will ich zuerst meine Antwort haben.«

Sie verschränkte die Arme vor der Brust und ihr Blick wurde finster.

»Hör zu Vampir. Du hast mich gerade aufgeweckt, mich aus dem Bett geholt und-«

»Dasselbe hast du mit mir gemacht, als du mich zu Rose gebracht hast.«

»Du bist nicht in der Position, Forderungen zu stellen. Sag mir, was du weißt und dann sehen wir, was wir mit deiner Frage machen.«

Ich gab nicht nach.

»Nein. Zuerst antwortest du, oder ich werde dir nicht sagen, mit welchem Wissen ich hierhergekommen bin.«

Sie trat vor mich und packte mein Kinn.

»Ich könnte die Information auch einfach aus dir herausfoltern«, zischte sie. »Ist dir das klar?«

Ich lachte trocken. »Ich bin darüber hinweg, auf Folter noch in irgendeiner Art zu reagieren, glaub mir.«

Sie sah mir Minuten lang in die Augen. Ich erwiderte ihren Blick starr. Dann seufzte sie frustriert und sagte: »Nun gut, spuck es aus.«

»Ich glaube, dass du dazu ausgebildet worden bist, ein Medium zu sein, richtig?«

»Ja.«

»Wie bist du… ein Medium geworden, ohne dich selbst dabei zu verlieren?«

»Dafür bist du hierhergekommen? Um mich das zu fragen? Willst du etwa selbst ein Medium werden?«

»Beantworte einfach die Frage.«

Sie runzelte die Stirn. »Wieso glaubst du, dass ich mich nicht verloren habe?«

Ich sah sie an und musterte ihr herzförmiges Gesicht.

»Du scheinst mir einfach… anders als die Mediums, denen ich bislang begegnet bin.«

Sie seufzte und lehnte sich gegen die Bootswand.

»Du hast Recht. Ich bin anders. Obwohl ich mich verloren habe. Ich hatte einfach das Glück, jemanden zu haben, der mich an das erinnert hat, was ich war. Der mich gerettet hat.«

»Wie meinst du das?«

»Ich hatte jemanden, der mich daran erinnert hat, wie ich war, bevor ich mich selbst verloren habe.«

»Wen?«

»Jemand, den ich geliebt habe – den ich immer noch liebe.«

»Wie?«

Sie hob die Augenbrauen. »Ich dachte, du wolltest *eine* Frage stellen.«

»Antworte einfach, okay?«, sagte ich gereizt.

»Ich weiß ehrlich gesagt nicht, wie er es geschafft hat. Ich habe mich… einfach in ihm gespiegelt. Und dann brachen alle Erinnerungen wie Wellen über mich herein.«

»Vielleicht kannst du mir besser helfen, wenn ich dir den Hintergrund meiner Frage erkläre«, sagte ich nach einer Pause. Obwohl ich es hasste, mich einer Fremden zu offenbaren, wollte ich eine Antwort von Mona haben, mit der ich etwas anfangen konnte. »Es geht um Annora. Sie hat sich selbst völlig verloren. Wir waren ein Paar und ich würde alles dafür tun, dass sie wieder so wird wie früher.«

Mona sah mich neugierig an.

»Du warst in Annora verliebt, hm? Warst du bei ihrer Einführung dabei?«

Ich schüttelte den Kopf. »Was geht in der Einführung vor sich? Was ist es?«

Monas Augen verdunkelten sich. Sie erschauderte und zog sich ihren Bademantel enger um den Körper.

»Ich will nicht darüber reden. Ich selbst erhole mich immer noch davon. Ich will diese dunklen Erinnerungen nicht ausgraben. Was ich dir sagen kann, ist… die Einführung wird im Königreich der Übernatürlichen von jemandem namens Lilith durchgeführt. Wenn du mehr wissen willst, schlage ich vor, dass du sie selbst danach fragst.«

Ich schlug mit der Faust gegen das Boot. Der Stoß brachte es zum Schwanken.

»Es gibt niemanden sonst, den ich fragen kann.«

Mona wurde langsam gereizt.

»Hör mir zu, Vampir. Ich habe deine Fragen

beantwortet. Ich habe dir den Vortritt gelassen. Jetzt sag mir, warum du gekommen bist.«

Ich seufzte. Sie hatte wahrscheinlich Recht. Zumindest hatte ich einen Namen bekommen. Ich nahm mir vor, Annoras Tagebuch zu lesen, sobald ich auf die Insel zurückkehrte. Wenn diese Lilith so eine einflussreiche Person war, musste sie vielleicht in einem von Annoras Büchern erwähnt werden.

»Sind Sofia und Derek noch am Leben?«, fragte ich.

Mona riss die Augen auf. »Natürlich. Wieso sollten sie auch nicht? Du weißt doch, dass sie geflohen-«

»Hör mir aufmerksam zu«, sagte ich, trat vor und ergriff ihre Schulter. »Was ich dir sagen werde – niemand darf erfahren, dass du es von mir weißt. Niemand darf wissen, dass ich in dieser Nacht mit dir gesprochen habe. Niemand von den Novaks, niemand im Schattenreich und ganz sicher niemand von den Hexen. Du musst mir versprechen, niemandem ein Wort davon zu verraten.«

»In Ordnung, aber-«

»Versprich es mir einfach.«

Sie zögerte und sah mich verwirrt an, dann streckte sie mir aber die Hand aus.

»Gut. Du hast mein Wort. Und jetzt spuck es aus.«

Ich trat einen Schritt zurück. »Annora hat Derek und Sofia Novak mit einem Zauber belegt, als sie noch bei uns waren. Einem Fesselzauber. Es bleiben ihnen sieben Tage ab dem Zeitpunkt, an dem der Zauber ausgesprochen wurde… ich weiß nicht genau, wann das war.«

Aus ihrem Schreck wurde Panik. Mona fluchte und verschwand eine Sekunde später. Sie würde tun, was sie tun musste.

Ich ging in den Kontrollraum zurück, wo der Geruch der Fischersleiche in der warmen Nachtluft schwebte.

Nun ist es Zeit für mich, in mein eisiges Gefängnis zurückzukehren, bevor meine eigenen sieben Tage um sind.

Derek

Ich hatte es nicht für möglich gehalten, dass diese Nacht uns noch weitere Überraschungen bringen würde.

Aber kurz nachdem ich eingeschlafen war, wurde meine Tür aufgerissen. Ich setzte mich auf. Mein Ebenbild stand mir gegenüber. Vom Schlaf immer noch benommen, brauchte ich einige Sekunden, um zu verstehen, dass ich Sofia ansah. Mona kam hinter ihr ins Zimmer gestürzt.

Sofia legte ihre starken Arme um mich und schüttelte mich. »Wach auf«, rief sie in meiner tiefen Stimme.

»Was?«

Sie zog mich aus dem Bett und stieß mich auf die Knie.

»Sofia, was ist-«

Mona packte unsere beiden Köpfe und stieß uns weiter

nach unten auf den Boden, bis unsere beiden Köpfe ihn berührten. Ihre Finger gruben sich in meine Kopfhaut und in meiner Brust spürte ich einen Schmerz, als wenn mein Herz auseinander gebrochen wäre. Ein weißer Schleier legte sich auf meine Augen. Ich begann, Blut zu husten. Ich hörte, wie auch Sofia neben mir würgte.

Was macht sie mit uns?

Ich versuchte, zur Hexe aufzuschauen, aber als ich meinen Kopf bewegte, fuhr mir eine brennende Hitze durch die Wirbelsäule. Ich brach auf dem Teppich zusammen.

»Was machst du?«, brachte ich hervor.

»Schh«, zischte die Hexe.

Ich bekam Kopfschmerzen, deren Wucht mich blind machten. Es fühlte sich an, als ob mir das Gehirn platzen würde. Ich hatte nicht gedacht, dass es noch schlimmere Schmerzen gab, als die, die Annora uns in ihrer Bibliothek zugefügt hatte. Aber das war nichts mehr im Vergleich zu Monas Folter. Ich war nicht sicher, wie lange ich noch durchhalten konnte, bevor ich das Bewusstsein verlor.

Mein Körper wollte gerade versagen, als Mona uns endlich losließ und zurücktrat.

Langsam kam ich wieder zu mir und sammelte meine Kraft, um mich aufzusetzen. Keuchend blickte ich von ihr zu Sofia.

»Was war das?«, versuchte ich ärgerlich zu schreien, aber

meine Stimme erklang nur als Krächzen.

Auf Monas Stirn glänzte Schweiß und sie sah auf uns beide herab.

»Annora hat euch mit einem Fesselzauber belegt.«

Ich starrte sie mit offenem Mund an.

»Was?«, krächzte Sofia.

»Als ihr ihre Gefangenen wart, hat sie euch an die Insel gebunden. Nach eurer Flucht blieben euch nur noch sieben Tage zum Leben.«

Meine Lippen öffneten sich, aber ich brachte kein Wort heraus. Ich schaute zu Sofia, deren geschocktes Gesicht genau wie meins aussah. *Das war es also, was die Hexe in ihrer Bibliothek mit uns gemacht hatte.*

»W-woher wusstest du das?«, stammelte Sofia.

»Ich habe einfach gespürt, dass etwas nicht stimmt. Ich schätze, dass der Zauber stärker geworden ist, je mehr die Zeit vorangeschritten ist. Ich habe es einfach gefühlt.«

»Und jetzt ist er völlig aufgehoben?«, fragte Sofia.

»Ja. Ich denke schon.«

Ich lehnte mich gegen das Bettgestell und versuchte, meinen Atem unter Kontrolle zu bringen, während der Schmerz aus meinem Körper wich. Ich starrte die Wand an.

»Das ist es, was Vivienne so verstört hat«, sagte ich ruhig, mehr zu mir selbst als zu jemand anderem. »Sie hat auch gemerkt, dass etwas nicht stimmt.«

Schweigen erfüllte den Raum.

»Wenn es euch beiden nichts ausmacht«, sagte Mona, »würde ich jetzt gern wieder schlafen gehen.«

Mit einem Fingerschnippen war sie verschwunden. Ich hätte ihr danken sollen, aber ich war einfach zu überwältigt, um klar denken zu können.

Ich sah Sofia an. »Weißt du, wie viele Tage vergangen sind, seit wir in Annoras Zimmern waren?«

Sofia zuckte und biss sich auf die Unterlippe, während sie nachdachte. »Etwa eine Woche, oder fast eine Woche.«

»Das war knapp. Zu knapp.«

Ich hätte ahnen müssen, dass Annora uns nicht einfach so hatte gehen lassen. Wenn Mona nicht gewesen wäre, wären wir tot gewesen – nun standen wir also noch mehr in ihrer Schuld.

***

Am nächsten Morgen wurde ich früh wach und ging in unser Schlafzimmer. Sofia zeigte immer noch keine Anzeichen dafür, dass die Rückverwandlung einsetzte. Ich rüttelte sie wach. Sie taumelte aus dem Bett, sah in den Spiegel und seufzte.

»Was, wenn du für immer so bleibst?«

»Das werde ich nicht«, sagte sie. »Ich habe dir gesagt, dass Corrine mir gesagt hat, dass ich einfach nur warten muss.« Sie ging ins Bett zurück und setzte sich, an die Rückenlehne gestützt. »Erzähl mir, was genau mit Kiev passiert ist.«

Ich runzelte die Stirn und fuhr mir mit der Hand durchs Haar.

Um ehrlich zu sein, hatte Sofias Plan funktioniert, so sehr es mir auch widerstrebte, es zuzugeben. Das Essen mit Kiev und Mona war weit besser verlaufen, als ich gedacht hatte. Kiev hatte sich mir gegenüber anständig verhalten und ich hatte versucht, ihm zu entsprechen – obwohl ich teils wohl etwas steif gewesen war. Dass die Hexen dabei gewesen waren und das Gespräch angeleitet hatten, war auf jeden Fall hilfreich gewesen.

Ich war mir nicht sicher, wie lange die Waffenruhe anhalten würde. Wir würden sicher immer noch aneinandergeraten – das schien einfach in unserer Natur zu liegen. Aber etwas sagte mir, dass wir ein Grundverständnis erreicht hatten. Vielleicht sogar eine Art gegenseitigen Respekt. Und das schien genug zu sein, um Sofia zufriedenzustellen. Jetzt, wo ich mich von dem Schrecken erholt hatte, war ich ihr dankbar für das, was sie getan hatte.

»Ich kann dir nicht viel erzählen«, sagte ich. »Kiev und ich haben nicht viel geredet, aber wir haben uns benommen. Die Hexen haben die meiste Zeit geredet.«

Sie lächelte. »Das freut mich.«

Sie streckte ihre Hand aus und strich mir mit ihrer –

meiner – Hand über die Wange, bevor ich sie aufhalten konnte.

Ich zuckte und wich zurück. »Ich will meine Frau zurück.«

Sofia

Es dauerte länger, als wir alle gedacht hatten, aber irgendwann verwandelte ich mich wieder in mich selbst zurück.

Es gelang mir, Derek davon zu überzeugen, meine Täuschung vor Kiev zu verbergen. Kiev brauchte davon schließlich nichts zu erfahren. Es würde ihrer neuen Beziehung nur schaden. Ich ärgerte mich immer noch darüber, dass Derek es herausgefunden hatte. Wenn Viviennes Vision nicht im ungünstigsten Zeitpunkt aufgetaucht wäre, hätte keiner von beiden etwas von meinem Trick bemerkt. Aber gut, immerhin sprachen sie nun miteinander. Und das war alles, was zählte.

Ich war noch nie so glücklich gewesen, mich selbst im

Spiegel zu sehen. Ich starrte mich minutenlang an, als die Verwandlung vorbei war, berührte mein Gesicht und fuhr mir mit den Händen über die Haut. Derek war begeistert. Er wirbelte mich in seinen Armen umher und küsste mich leidenschaftlich.

Nun, wo ich wieder ich selbst war und Derek und Kiev miteinander redeten, mussten wir eine Sitzung einberufen, um über die Karte zu sprechen, die wir gefunden hatten. Derek setzte ein Treffen für den gleichen Abend in der Großen Kuppel an. Kiev, seine Geschwister, Mona, Matteo und Saira saßen schon, als wir ankamen. Mona schob Derek und mir die Karte zu.

Schwarze Kreuze bedeckten die Karte, auf alle Kontinente verstreut. Nord- und Südamerika, Europa, Asien…

Ich sog Luft ein. Der Schreck in Dereks Gesicht drückte aus, was ich fühlte. Vivienne, Xavier und die anderen Ratsmitglieder hatten sich hinter uns versammelt und schauten über unsere Schultern auf die Karte.

»Ich vermute, dass einige dieser Tore nicht länger richtig funktionieren – so wie das, durch das wir gekommen sind«, sagte Mona. »Aber Hexen, die mächtiger sind als ich, werden diese Tore dennoch durchbrechen können.«

»Glaubst du, dass noch andere Kreaturen von diesen Toren wissen?«, fragte Derek.

Seine Frage ließ meinen Kopf dröhnen. Ich glaubte

nicht, dass ich eine erneute Belagerung der Ältesten oder der Falken verkraften würde.

Wir hatten das alles schon mal durch. Live. Und in Farbe.

»Das bezweifle ich sehr«, sagte Mona. »Ich glaube, dass nur die Hexen diese Portale kennen. Sie halten sie geheim. Sie wollen nicht, dass andere übernatürliche Kreaturen sich in ihre Pläne einmischen.«

»Gott sei Dank«, sagte ich.

»Bist du in der Lage, die Tore zu schließen?«, fragte Derek.

Mona biss sich auf die Lippe und runzelte die Stirn. »Ich habe es noch nicht versucht, aber ich denke schon. Tore zu öffnen ist ein weitaus komplizierterer Vorgang, aber sie zu schließen, das dürfte ich schaffen.«

»Die Alterslose konnte Tore schließen«, sagte ich. »Du bist doch so stark wie die Alterslose, oder?«

Monas Gesicht zuckte. »Ja.« Sie blickte unbehaglich auf den Tisch. »Aber ich glaube nicht, dass uns das etwas helfen wird. Es gibt einen besonders mächtigen Zauberer. Rhys. Ich habe ihn vielleicht getötet, aber ich bin mir nicht sicher. Wenn er noch lebt, dann hat er vielleicht inzwischen schon die Kräfte entwickelt, um neue Tore zu öffnen. Er ist einer der mächtigsten Zauberer unserer Zeit. Er ist – oder war – ein Medium, wie ich. Aber erfahrener und geschult in schwarzer Magie.« Sie stockte und blickte zu Kiev, bevor sie fortfuhr. »Schließt ein Tor, und am nächsten Tag kann einfach ein neues aufgemacht werden. Ich denke nicht, dass die Antwort darin liegt, Tore zu schließen.«

Ich blickte Derek an. Wir waren beide nicht gewillt, ihre Aussage einfach so hinzunehmen.

»Naja, aber es wäre doch schon mal ein Anfang, die Tore zu schließen.«

»Ihr vergesst, dass ich diese Insel nicht verlassen kann«, sagte Mona. »Das Schattenreich könnte einen Angriff einer Hexe ohne mich überstehen, aber wenn mehrere angreifen, dann weiß ich nicht einmal, ob ich den Zauber aufrecht erhalten kann, selbst wenn ich hier bin.«

Derek wandte sich an Ibrahim. »Kannst du Tore schließen?«

Er nickte. »Das kann ich.«

»Dann kannst du gehen. Nimm eine weitere Hexe mit. Schließ so viele Tore, wie du kannst.«

Selbst Ibrahim sah unsicher aus. »Derek, wenn es stimmt, was Mona sagt, dann erreichen wir damit nicht viel.«

Corrine legte eine Hand auf Ibrahims Schulter. »Und wir wissen nicht, ob diese Tore nicht von schwarzen Hexen bewacht werden, die in der Lage sind, Ibrahim zu überwältigen. Ich will es nicht riskieren, ihn wieder auf einer Mission zu verlieren, die zu nichts führt.«

Kiev ergriff das Wort. Seine Augen wanderten von mir

zu Derek. »Vielleicht müssen wir alle akzeptieren, dass die übernatürlichen Kreaturen sich immer von diesem Königreich angezogen fühlen werden. So lange das so ist, werden sie immer einen Weg finden, um die Grenzen zu durchbrechen. Vielleicht wird es niemals eine sichere Erde geben und anstatt unsere Kraft darauf zu konzentrieren, ihren Eintritt zu verhindern, sollten wir uns daran gewöhnen, an ihrer Seite zu überleben.«

Ach, Kiev. Immer der reinste Sonnenschein.

Das Problem war, dass die Hexen anscheinend ganz andere Dinge im Schilde führten, als an unserer Seite zu überleben.

Caleb

Lilith.

Der Name ging mir immer und immer wieder durch den Kopf, als ich zu meiner Insel zurückfuhr.

Ich überlegte angestrengt, ob ich ihn in der Zeit, die wir bei den Hexen verbracht hatten, schon einmal gehört hatte, aber mein Gedächtnis blieb leer.

Ich wusste nur eines: Dies war die Person, nach der ich suchen musste, um zu verstehen, warum Annora sich selbst verloren hatte, und ob es eine Chance gab, sie zurückzuholen.

Das Boot war deutlich langsamer als ein U-Boot und so kam ich erst am nächsten Abend auf der Insel an. Ich hatte den Kadaver schon vor Stunden ins Meer geworfen, aber sein Geruch schwebte immer noch in der Kabine.

Ich band das Boot am Hafen fest und stieg zum Schloss hinauf. Ich war froh, dass die Eingangshalle leer war. Ich war nicht in der Stimmung, Fragen zu beantworten.

Ich hatte es fast in mein Zimmer geschafft, als Annora auf der Treppe auftauchte.

»Caleb!«

Ich brummte innerlich, und hob meine Augen zu ihr.

»Frederik und der Rest haben mir erzählt, dass ihr in einen Helikopter gehievt worden seid.«

»Wir sind auf eine Gruppe von Jägern gestoßen«, brummte ich.

»Jäger«, sagte sie, befeuchtete sich die Unterlippe und sah mich mit glasigen Augen an, während sie über meine Worte nachdachte. »Wo sind die anderen?«

»Tot. Die Jäger haben sie umgebracht.«

Ich sah keine Trauer in ihren Augen, nur Gereiztheit. »Wie hast du überlebt?«

»Indem ich durchgedreht bin. Ich bin von einer Klippe gesprungen. Wäre dabei fast gestorben. Ein Fischer hat mich aus dem Meer gezogen… und hier bin ich.« Ich sah sie ungeduldig an. »Wenn du mich jetzt entschuldigen würdest...«

Ihre Augen schweiften über meinen dreckigen, fast nackten Körper und sie trat beiseite, um mich durchzulassen.

Ich schloss mich in meiner Wohnung ein und nahm als allererstes eine Dusche, seifte mich von Kopf bis Fuß ein und versuchte, den Sand und das Salzwasser loszuwerden. Als ich in den Spiegel blickte, sah ich, dass meine Haut fast keine Verbrennungen und Schwellungen mehr hatte, obwohl Stellen auf meinem Rücken, die besonders von der Sonne verbrannt worden waren, immer noch empfindlich reagierten.

Ich trocknete mich ab und stieg ins Bett, wo ich meine schmerzenden Glieder ausstreckte und die Augen schloss.

Die Erinnerungen an die Jäger brachen über mich herein. Die abartige Folter, der Verlust der Kameraden, mit denen ich Jahrzehnte verbracht hatte… Ich fühlte mich taub. Ich war abgestumpft. Ich wusste, dass es zum Teil an dem Einfluss lag, den Annora auf mich hatte. Auf eine Art war ich ihr ähnlich geworden.

Als ich jetzt in meinem stillen Zimmer lag und die Gedanken an meine Begegnung mit Mona zur Seite schob, wurde mir klar, was uns bevorstand.

Annora würde es nicht riskieren wollen, noch mehr Vampire zu verlieren. Wenn diese Art von Falle üblich werden sollte, brauchten wir die Menschen aus dem Schattenreich so sehr wie nie zuvor.

Rose

Die ganze Insel war erschrocken darüber, was meinen Eltern beinahe widerfahren wäre. Es zeigte uns nur noch deutlicher, wie abhängig wir inzwischen von Mona waren. In Anbetracht von Annoras Gerissenheit schien es, dass nur Mona uns schützen konnte. Ich bekam eine Gänsehaut, als ich mir vorstellte, was passiert wäre, wenn Mona es nicht rechtzeitig herausgefunden hätte.

Ich erinnerte mich daran, wie ich Caleb gefragt hatte, was mit den Vampiren geschah, die an Annoras Fluch gebunden waren und der Insel länger als sieben Tage fernblieben. Er hatte sich geweigert, es mir zu verraten.

Caleb. Die Erinnerung daran, wie er mit Mona verschwunden war und nicht einmal aufgeblickt hatte, um sich zu verabschieden, verfolgte mich immer noch.

Wahrscheinlich sollte ich ihm dankbar sein. Er hatte den Bruch schnell und pragmatisch vollzogen. Ich verstand, warum er es getan hatte. Es gab einfach keine Möglichkeit für uns, zusammen zu sein.

Ich schob den Gedanken an Caleb beiseite, als ich mich dem Baumstamm von Zinnias und Gavins Haus näherte. Ich fuhr im Fahrstuhl nach oben, betrat ihre Terrasse und klopfte an der Eingangstür.

Griffin öffnete die Tür und lächelte.

»Hallo, Rose. Wie geht´s dir?«

»Gut.«

»Möchtest du reinkommen?«

»Nein«, sagte ich. »Ich wollte gern mit dir reden, Griff. Können wir vielleicht am Strand spazieren gehen?«

Mir entging die Begeisterung in seinen Augen nicht, als er einen Pullover vom Haken hinter der Tür nahm und ihn sich überzog.

»Ich gehe raus«, rief er in die Wohnung, bevor er zu mir auf die Terrasse trat und die Tür schloss.

Wir fuhren im Fahrstuhl hinunter. Erst, als wir den Waldboden erreicht hatten, hatte ich genug Mut gefasst, um zu beginnen.

Ich nahm Griffs Hand und drückte sie, dann sah ich ihm in die Augen.

»Ich schulde dir eine Antwort«, sagte ich. Griff sah mich

gespannt an und atmete kaum, obwohl ich merkte, dass er sich bemühte, locker zu bleiben. »Ich werde einfach ehrlich zu dir sein, okay?«

»Ich erwarte nichts anderes von dir«, sagte er.

Ich umfasste seine Hand fester. »Ich liebe dich, Griff. Und ich hasse es, *aber* zu sagen, aber es gibt ein *Aber*. Ich liebe dich am meisten als Freund.«

Ich sah zu ihm auf. Seine Augen blickten auf den Waldboden. Sein Gesicht war ausdruckslos. Dann nickte er langsam, antwortete aber nicht.

Wir gingen den Rest des Weges in einem unangenehmen Schweigen, bis wir am Strand angekommen waren.

»Ist alles in Ordnung?«

Dieses Mal sah er mich direkt an. »Ja, natürlich«, sagte er lächelnd. »Es reicht mir, deine Liebe als Freund zu haben.«

Ich drückte erneut seine Hand. »Und es wird nicht eigenartig zwischen uns sein? Jetzt, wo ich weiß, was du für mich empfindest…«

Er seufzte. »Ich kann nicht so tun, als ob ich mir nicht mehr als deine Freundschaft erhofft hätte, aber es muss deshalb nicht komisch zwischen uns sein.«

»Aber ich fühle mich unwohl«, sagte ich. Ich wünschte mir, dass er es mir nie gesagt hätte.

»Tu es einfach nicht«, sagte er und blieb stehen.

Dann gingen wir weiter, aber ich war noch nicht überzeugt.

»Du musst die Situation einfach so nehmen, wie sie ist, schätze ich«, sagte Griff. »Ich werde mich in deiner Gegenwart nicht unwohl fühlen, das verspreche ich. Und du solltest es auch nicht tun.«

Ich schlang meine Arme um seine Schultern, zog mich hoch und küsste ihn sanft auf die Wange. Sein Gesicht wurde fast so rot wie seine Haare.

»Aber wenn du das öfter tun solltest, dann könnte es unangenehm werden«, sagte er grinsend.

Ich nahm seinen Arm und hakte mich locker ein, während wir am Strand entlang liefen.

»Danke, Griff.«

Wir begannen, über andere Dinge zu reden, über Mona, Kiev und darüber, dass meine Eltern fast gestorben wären. Nachdem wir etwa eine Meile gelaufen waren, kamen uns Ben und Abby aus der entgegengesetzten Richtung entgegen.

Ich hob die Augenbrauen, als ich sie zusammen näherkommen sah. Selbst wenn Abby bei uns zu Hause war, sprach sie selten mit Ben. Ich war mehr als erstaunt, sie allein zusammen zu treffen. Abby hatte den Saum ihres Kleides angehoben, um ihn vor den Wellen zu schützen und hing an Bens Arm.

»Hallo«, rief ich, als uns nur noch wenige Meter

voneinander trennten. »Was macht ihr hier?«

»Wir gehen spazieren mit-« Bevor Ben den Satz beenden konnte, hörte ich ein schweres Klatschen auf nassem Sand und Schatten tauchte auf. Er raste auf uns zu. Im Maul trug er einen dicken Ast. Er stoppte in letzter Sekunde und ließ den Ast vor Abby fallen.

Ich beugte mich vor und streichelte Schattens Kopf, was ich sofort bereute. Er versuchte, an mir hochzuspringen. Er hätte mich vor lauter Zuneigung umgestoßen, wenn Abby ihn nicht an seinem Halsband gepackt und zurückgezogen hätte. Er zerrte und mühte sich ab, um mir doch noch seine schlabberigen Gefühle zu zeigen.

»Wow, Junge«, sagte Abby. Sie war die einzige Vampirin, die Schatten kontrollieren konnte. Seine Stärke machte mir immer noch Angst, obwohl ich wusste, dass ich ihm mein Leben verdankte, weil er meine Mutter aus dem Blutverlies getragen hatte.

Griff und ich beschlossen, mit Ben und Abby zu gehen, die in Richtung Hafen laufen wollten. Als wir näher kamen, blieb Abby plötzlich stehen. Schatten spitzte die Ohren. Beide wandten ihren Blick auf den Ozean.

»Was?«, fragte Ben.

»Horcht«, sagte Abby und legte einen Finger auf die Lippen. »Jemand ruft um Hilfe.«

Wir alle lauschten und schließlich konnte ich es auch hören. Abby hatte Recht. Weit entfernt rief jemand um

Hilfe.

Abby blinzelte und versuchte, mit ihren übernatürlichen Augen die Küstenlinie abzusuchen. Dann zeigte sie auf etwas.

»Da draußen ist jemand. Hinter der Grenze.«

Ben deutete zum Hafen und zeigte auf eines der U-Boote. »Lasst uns nachsehen.«

Wir eilten zum Hafen und stiegen in ein U-Boot. Dann folgten wir Ben in den Kontrollraum. Er lenkte uns vom Steg weg und steuerte auf die Grenze der Insel zu. Ich hoffte nur, dass uns niemand gesehen hatte. Unsere Eltern hatten es nicht gern, wenn wir uns der Grenze näherten.

Als wir durch die Glasscheibe nach oben schauten, erkannten wir menschliche Beine.

»Tauch auf!«, sagte ich.

Ben stieg auf und wir liefen zurück zur Luke. Ben stieg als Erster hinauf und steckte seinen Kopf nach draußen.

»Es ist Micah!«, rief er, bevor er rauskletterte.

»Wer ist Micah?«

»Einer der Werwölfe.«

»Sei vorsichtig, Ben«, rief Abby, als er auf dem rutschigen Dach umherbalancierte.

Ich stieg selbst durch die Luke. Mein Blick fiel auf den Fleck, an dem ein junger Mann mit schulterlangem, blondem Haar im Wasser trieb. Ein kleines Holzboot aus dem Schattenreich trieb gekentert neben ihm.

»Micah«, rief Ben.

Micah sah sich wild um, konnte aber nicht sehen, woher die Stimme kam, da er sich außerhalb der Grenze befand.

»Bist du in Ordnung?«, fragte Ben.

»Ja«, antwortete Micah. »Ich bin aus Versehen zu weit rausgeschwommen. Ich wollte die Grenze nicht verlassen.«

»Warte«, sagte Ben. »Ich komme raus.«

Er zog sich schnell das Hemd aus, tauchte ins Wasser und tauchte auf der anderen Seite der Grenze wieder auf. Er packte Micah am Arm und zog ihn zum U-Boot zurück.

»Danke«, keuchte Micah. Griff streckte seine Hand nach unten und half Ben wieder nach oben, bevor sie zusammen Micah hochzogen. Micah stand vor mir. Ein kleines Netz voller Fische hing über seiner Schulter. Ich trat beiseite.

»Wie kommt es, dass du nicht wieder rein konntest?«, fragte Griffin. »Ich dachte, dass Mona euch allen die Erlaubnis gegeben hätte, zu kommen und zu gehen, wann ihr wollt?«

»Ja, aber ich war leider gerade Fischen, als sie allen anderen den Zauber auferlegt hat. Es scheint, dass ich die Insel verlassen, aber nicht wieder zurückkommen kann.«

Wir alle stiegen wieder ins Boot und gingen in den Kontrollraum. Ben lenkte das Boot zum Hafen zurück.

Ich erkannte Micah, als ich ihn jetzt näher ansah. Ich hatte ihn schon ein paar Mal in der Menge gesehen, aber noch nie mit ihm gesprochen. Er setzte sich in einen Sitz direkt mir gegenüber und schaute mich gebannt an. Er brachte mich damit völlig aus dem Konzept und ich wandte mich zu Griffin hinüber.

»Warum kommst du nachher nicht mit zu mir und wir kochen uns etwas?«

»Gern.« Griffin lächelte mich an.

Ich sah wieder zu Micah hinauf. Seine haselnussbraunen Augen ruhten immer noch auf mir. Ich stand auf und zog Griffin hinter mir aus dem Kontrollraum hin zum Passagierbereich, um Micahs Blicken zu entkommen. Er war ja ein schöner Mann, aber ich verstand nicht, warum er mich so schamlos anglotzte. Aber dann dachte ich mir, dass ich ihn vielleicht vorschnell verurteilte – schließlich war er ein Werwolf und kam aus dem Königreich der Übernatürlichen. Vielleicht verhielt man sich dort einfach anders. Tatsache war, dass ich noch nie einen Werwolf gesehen hatte, bevor Kiev auf unserer Insel aufgetaucht war. Sie machten mich neugierig, aber ich wusste nicht, wie sie sich verhielten. Sie schienen jedenfalls weniger zurückhaltend zu sein als Vampire.

Warum auch immer er mich anstarrte, fühlte ich mich unwohl dabei und war froh, mich in den Passagierbereich des U-Boots zurückziehen zu können, während wir wieder auf die Insel zusteuerten.

Griff und ich warteten, bis die anderen ausgestiegen waren. Micah war der Letzte, auf den wir warteten. Er nahm sein Fischernetz und zog es die Luke hoch. Einige Fische lebten noch und zappelten. Wir folgten ihm, wobei Griff mir nach oben half. Ben und Abby liefen bereits auf Schatten zu, der am Strand wartete. Micah blieb auf halber Strecke auf dem Steg stehen und drehte sich zu uns um.

»Ich wollte ein paar von denen hier grillen«, sagte er, auf den Fisch zeigend. »Ich würde euch beide gern zum Essen einladen.«

Ich hatte mich darauf gefreut, Zeit mit meinem besten Freund zu verbringen, aber ich war mir nicht sicher, wie ich Micahs Angebot ablehnen konnte, ohne unhöflich zu sein. Er wusste bereits, dass wir Hunger hatten und ich für mich und Griffin kochen wollte.

Ich schaute mich nach Ben und Abby um, aber sie waren schon mit Schatten im Wald verschwunden.

Ich blickte Griff an. Er zuckte mit den Schultern.

»Danke, das ist sehr nett«, sagte ich. Ich streckte die Hand aus und Micah schüttelte sie. Sein Händedruck war feucht und kräftig. »Ich bin übrigens Rose.«

»Oh«, sagte er lächelnd. »Ich bezweifle, dass es auf der Insel jemanden gibt, der nicht weiß, wer du bist, Prinzessin.«

Ich legte meine Hand auf Griffs Schulter. »Das ist Griffin.«

Micah und Griffin reichten sich die Hand.

»Wo hast du vor zu kochen?«, fragte ich.

»Am Strand. Es gibt nichts Besseres als Kochen an der frischen Luft.«

Wir gingen ein paar Minuten schweigend am Strand entlang, bis Micah an einem besonders felsigen Strandstreifen stehen blieb.

Er legte die Fische in den Sand und lief zu den wenige Meter entfernten Felsen. Er hob zwei große Steine hoch, klemmte sich einen unter jeden Arm und kam wieder zurück.

»Danke«, sagte ich, als er die Steine als Sitze für mich und Griff hinlegte. Er drehte sich um und kam mit einem weiteren Stein für sich selbst zurück. Dann holte er einen vierten, größeren Felsen und legte ihn in die Mitte. Er sammelte etwas Holz aus dem nahegelegenen Wald und entzündete mit zwei Funken ein Feuer. Griff und ich stellten uns auf die Seite, aus der der Wind blies, um ihn etwas vom Feuer abzuhalten, während die Flammen höher schlugen.

Ich fragte mich, welche Art von Leben Micah im Reich der Übernatürlichen geführt hatte. Auf jeden Fall hatten sie dort gelernt, erfinderisch zu sein. Sie schienen nichts als selbstverständlich anzusehen und meine Mutter hatte mir erzählt, wie glücklich sie alle waren, ein Dach über dem Kopf zu haben.

Griff und ich sahen zu, wie Micah die Fische im Meer wusch und sich danach ein Messer vom Gürtel zog, um sie zu säubern.

Ich räusperte mich. »Ich gehe davon aus, dass du daran gewöhnt bist, Fisch zu essen?«

Er sah mich an und lächelte.

Es dauerte nicht lang, bevor Micah Griff und mir Schalen mit gegrilltem Fisch reichte. Kein Salz. Keine Gewürze. Micah setzte sich mit seiner Schale uns gegenüber und aß hungrig.

Da Griff nicht viel erzählte, stellte ich eine weitere Frage. »Wie bist du eigentlich ein Werwolf geworden? Wie funktioniert das? Ist es wie bei den Vampiren, dass du infiziert wirst? Sind die Ältesten Werwölfe?«

Micah schluckte sein Essen hinunter, bevor er antwortete.

»Wir haben keine Ältesten, im Gegensatz zu den Vampiren. Wir sind eine eigene Art. Und entgegen der Volkssagen können sich Menschen nicht in Werwölfe verwandeln. Wir können andere nicht mir unserer Art anstecken so wie die Vampire. Du wirst entweder als Werwolf geboren oder nicht. Wir haben menschliche Züge, aber selbst in unserer Tageserscheinung sind wir keine wirklichen Menschen.«

»Habt ihr euer eigenes Königreich in der Welt der Übernatürlichen? Wie die Heilige Stätte? Oder Cruor?«

Er nickte und biss ein großes Stück Fisch ab.

»Wie ist es da?«

»Berge, Wälder, weite Felder… und viele wilde Tiere.«

»Esst ihr nur Tiere?«

Er fuhr sich mit dem Handrücken über den Mund.

»Wir haben normalerweise keine große Auswahl. Ich habe noch nie Menschenfleisch probiert. Aber ich kann nicht leugnen, dass ich neugierig bin. Obwohl ich gehört habe, dass es einem für immer den Geschmack von Tierfleisch verdirbt. Es gibt nicht viele Menschen in unserem Königreich. Die Hexen neigen dazu, sie alle an sich zu reißen. Entweder die Hexen oder die Oger, die es irgendwie schaffen, große Vorräte an Menschen zu beschaffen… Mehr?«, sagte er und blickte auf Griffs und meine leeren Hände.

»Nein, danke.« Ich blickte zu Griff.

»Nein, danke«, sagte er.

»Ich hoffe, dass es euch geschmeckt hat«, sagte Micah, mehr an mich als an Griff gerichtet, während er mir einen Blick von der Seite zuwarf. Er machte sich daran, für sich selbst noch sieben weitere große Fische zuzubereiten, bevor er weitersprach. »Auf jeden Fall habt ihr von uns nichts zu befürchten. So verführerisch es auch ist, sind wir daran gewöhnt, von Tierfleisch zu leben. Ich glaube, dass es in der ganzen Horde nur einen einzigen Werwolf gibt, der schon einmal Menschenfleisch probiert hat.«

»Welcher ist es?«, fragte ich.

»Er heißt Ianto. Ist ein großer, stämmiger Kerl.

Wahrscheinlich der Größte von uns allen. Schwer zu übersehen.«

»Na dann werde ich mich von ihm fernhalten.«

»Aber wie gesagt: Selbst er ist an Tierfleisch gewöhnt. Ihr braucht keine Angst vor uns zu haben. Worüber ihr euch Sorgen machen solltet, ist, was passiert, wenn sich Annora noch weitere Hexen anschließen. Wir wissen nicht, ob Mona stark genug sein wird, den Schutz allein aufrechtzuerhalten…«

Danke, dass du mich daran erinnerst. Ich hatte versucht, diesen Gedanken beiseite zu schieben, da wir nichts dagegen unternehmen konnten.

Griff stand auf und ging zum Wasser, um sich die Hände zu waschen und sich den Mund auszuspülen.

»Griff?«

»Ich mache mich lieber auf den Weg«, sagte er leise. »Ich habe meiner Mutter gesagt, dass ich um diese Zeit wiederkommen würde. Sie brauchte meine Hilfe für irgendetwas im Haushalt.«

Er wich meinem Blick aus, während er sprach. Etwas stimmte nicht. Ich hoffte, dass es nichts damit zu tun hatte, dass mir Micah so viel Aufmerksamkeit schenkte.

»Okay, komm doch morgen mal vorbei, ja?« Ich trat auf ihn zu und nahm seine Hände, womit ich ihn dazu brachte, mich anzusehen.

»Klar«, sagte er mit einem gezwungenen Lächeln, bevor

er auf dem Absatz kehrt machte und davonging.

»Tschüss, Griffin«, rief Micah.

»Tschüss«, brummte Griff.

Ich beobachtete, wie er ging, und wandte mich dann wieder Micah zu. Ein unangenehmes Schweigen machte sich breit.

Er ging zum Wasser hinüber und wusch sich die Hände in den Wellen.

Obwohl ich etwas verwirrt von Griffs Verhalten war, konnte ich nicht leugnen, dass ich froh war, mehr Zeit mit Micah zu haben. Ich war neugierig darauf, mehr über die Werwölfe zu erfahren und zu lernen, welche Mythen über sie wahr oder falsch waren.

»Wie ist es, sich jeden Abend bei Sonnenuntergang zu verwandeln? Tut es weh?«

Er setzte sich in den Sand, zog sich sein nasses Hemd aus und legte es auf Griffs leeren Stein, bevor er antwortete. »Nein. Ich bin bereits so daran gewöhnt, dass ich gar nicht mehr darüber nachdenke.«

»Ich verstehe«, sagte ich und wandte meinen Blick von seinem gebräunten Oberkörper ab. »Ich habe noch nie gesehen, wie sich ein Werwolf verwandelt.«

»Du kannst mir heute Abend zusehen«, sagte er.

»Das würde ich gern.«

Er stand auf und streckte seine Hand aus, um mir aufzuhelfen. Ich ergriff sie und er zog mich auf die Beine.

Dann lächelte er mich an, wobei er seine perfekten Zähne entblößte – etwas zu spitz für einen Menschen. »Ich hole dich kurz vor Sonnenuntergang ab, wenn du magst. Aber halte dich bereit, denn wenn es einmal anfängt, habe ich keine Kontrolle mehr darüber.«

»Okay«, sagte ich und erwiderte sein Lächeln. »Abgemacht.«

ABBY

Ich war mir nicht sicher, was zwischen Ben und mir vorging.

In den letzten Tagen war er jeden Nachmittag vor meiner Tür aufgetaucht, um mich auf meinem Spaziergang mit Schatten zu begleiten. Wir streunten auf der Insel umher. Meistens liefen wir am Strand entlang, weil es Schatten dort sehr gefiel.

Es fühlte sich eigenartig an. Wir waren zusammen aufgewachsen, hatten die längste Zeit unseres Lebens auf derselben Insel verbracht und dennoch hatten wir das Gefühl, uns nicht gekannt zu haben. Die Gespräche, die wir führten, waren die zweier Fremder, die sich kennenlernten.

Aber ich wusste nicht, ob es noch mehr war als das. Im U-Boot hatte ich Ben gesagt, dass er in meiner Gegenwart nicht schüchtern zu sein brauchte. Aber ich war nicht sicher, ob er sich mir gegenüber nur in der Schuld fühlte, aus einer Art morbider Neugier heraus, oder ob er wirklich aus echtem Interesse Zeit mit mir verbrachte.

Ich konnte mir nicht sicher sein. Aber da er immer wieder an meine Tür kam und mich mehrere Tage hintereinander begleitete, nahm ich an, dass es ihm etwas gab, mit mir zusammen zu sein.

Ich schämte mich meiner Gefühle für ihn, insbesondere, wenn wir zusammen unterwegs waren. Es fiel mir schwer, mich zu entspannen. Ich war nervös, überlegte mir jede Bewegung und wusste nicht, wo ich bei ihm dran war. Oder wie ich mich ihm gegenüber verhalten sollte. Ich hatte Angst, mir Hoffnungen zu machen. Schließlich war meinem eigenen Bruder so das Herz gebrochen worden.

Erwartungen. Annahmen. Ich versuchte, nichts davon zu haben.

Das Einzige, was ich mir gestattete, war ein leichter Optimismus, dass Ben mich auch weiterhin auf meinen Spaziergängen mit Schatten begleiten würde.

Denn was auch immer es war, was wir hatten oder was zwischen uns am Entstehen war – ich genoss seine Gesellschaft.

Aiden

Ich hatte Adelle mit allen Mitteln gemieden und sie begann, es zu bemerken. Die Tatsache, dass meine Tochter und mein Schwiegersohn fast gestorben wären, bot mir eine gute Ausrede für meine Zurückgezogenheit, aber das konnte ich nicht ewig vorschieben. Die Hexe hatte mein Penthouse in den letzten zwölf Stunden zweimal aufgesucht. Ich hatte sie ignoriert. Aber als sie zum dritten Mal klopfte, entschloss ich mich, an die Tür zu gehen.

Sie stand auf meiner Terrasse und trug einen Stapel Papiere unter einen Arm geklemmt. Ihr langes wildes Haar war in einen Knoten gebunden und sie trug ihr klassisches Sommerkleid, das ausreichend von ihren geschmeidigen Beinen zeigte, um mir den Atem zu verschlagen.

»Aiden!«, hauchte sie, streckte einen Arm aus und zog mich an sich.

Ich erwiderte ihre Umarmung steif und trat ein, sobald sie mich losgelassen hatte.

»Ich habe dich lange nicht mehr gesehen. Wie geht es dir?«

»Gut.«

Ich trat zur Seite, um sie in die Wohnung zu lassen. Sie legte ihre Papiere auf den Esstisch und zog sich einen Stuhl heran.

»Ich gehe Tee aufsetzen«, sagte ich, wandte ihr den Rücken zu und bereitete Kamillentee zu, weil ich wusste, dass sie ihn mochte. Das war das Einzige, was ich tun konnte, um sie nicht ansehen zu müssen.

»Hast du dich erholt?«

»Ja.«

»Ich hatte schon zweimal vorbeigeschaut und geklopft. Aber du hast sicher geschlafen.«

»Ja…«

Eine unangenehme Stille breitete sich zwischen uns aus, während wir zuhörten, wie der Elektrokessel zu kochen begann. Ich langte ins Regal und begann, mit einem Küchentuch bereits trockene Tassen und eine Teekanne trocken zu rubbeln.

»Ich bin, ähm, gerade erst in der Schule fertig geworden. Ich bin heute lange geblieben.«

Mehr Schweigen.

Irgendwann fiel mir nichts mehr ein, was ich noch tun könnte, um ihr den Rücken zuzudrehen. Sobald das Wasser gekocht hatte, goss ich es in die Teekanne und stellte sie zusammen mit den Tassen und dem Untersetzer auf den Tisch.

Dann setzte ich mich ihr gegenüber. Ich sah auf. Sie runzelte die Stirn.

»Bist du sicher, dass alles in Ordnung ist, Aiden?«

»Natürlich. Wieso fragst du?«

»Du scheinst mir etwas… angespannt.«

»Ach, naja, es ist einfach so viel passiert in letzter Zeit. Das hat wohl etwas an mir gezehrt.«

Ich klopfte mit meinen Fingern auf den Tisch und suchte verzweifelt nach etwas, um das Thema zu wechseln und was mir helfen würde, den Schmerz zu vergessen, den ich spürte, wie sie so nah bei mir saß, während sich unsere Knie unter dem Tisch fast berührten. *So nah und doch so fern…*

Sie nippte an ihrem Tee.

»Mmm«, sagte sie lächelnd. »Du weißt, was ich mag.«

Aber nicht so sehr wie Eli… So sehr ich mich dafür ausschimpfte, konnte ich es nicht verhindern, dass mir diese kindischen Gedanken durch den Kopf rauschten. Ich war mir sicher, dass jeder unschuldige Kommentar, den sie machte, in meinem Kopf zu einem Vergleich zwischen mir und Eli führen würde.

»Wie, ähm, läuft es in der Schule? Ist wieder alles normal?«

»So ziemlich…«

»Gut.«

Es folgte noch mehr Schweigen. Ich hasste es, wie gekünstelt die Dinge nun zwischen uns verliefen. Obwohl es schmerzhaft sein würde, wurde mir klar, dass es nur einen Weg gab, dieses unangenehme Gefühl aus dem Weg zu räumen.

»Yuri hat mir erzählt, dass du und Eli ausgehen. Glückwunsch.«

Blut stieg in ihre Wangen, die nun rosig leuchteten.

»Ähm, ja, so ist es.« Sie runzelte die Stirn. »Ich frage mich nur, woher Yuri es weiß? Weder Eli noch ich haben es bislang irgendjemandem erzählt.«

Ich verfluchte mich selbst. In meiner Eile, die Dinge zu klären, hatte ich vergessen, dass ich derjenige gewesen war, der Yuri von den beiden erzählt hatte.

»Ich bin mir nicht sicher«, sagte ich. »Vielleicht haben er oder Claudia euch irgendwo gesehen.«

In Gedanken vermerkte ich mir, mit Yuri und Claudia zu reden, damit wir alle drei dieselbe Version der Geschichte erzählten.

»Ach so, okay…« Adelle verstummte und machte sich eilig daran, erneut an ihrem Tee zu nippen.

Ich räusperte mich, nahm einen Stift in die Hand und fuchtelte damit herum. Ich hätte ihn am liebsten durchgebrochen.

»Und, ähm, wie ist es dazu gekommen? Hat er dich um ein Date gebeten?«, fragte ich und sah sie beiläufig an.

»Ja, das hat er. Kurz nachdem wir von Calebs Insel zurückgekehrt sind.« Sie hielt inne und lächelte verliebt. »Eli hat eine Seite, die man nicht von ihm erwartet. Er hat einen großartigen Sinn für Humor, wenn er einmal aus seinem Schneckenhaus kommt.«

Ich erinnerte mich daran, wie sie an diesem schicksalhaften Tag gelacht hatte, als ich die beiden umarmt im Bootshaus am See beobachtet hatte.

»Ja, bestimmt«, sagte ich mit verspanntem Kiefer. »Leider hatte ich noch nicht das Vergnügen, diese Seite an ihm zu entdecken.«

»Vielleicht solltest du ihn besser kennenlernen.«

»Scheint so.«

Sie trank ihren Tee aus.

»Möchtest du noch Tee?«, fragte ich.

»Nein, danke. Es war sehr nett, aber ich muss jetzt wirklich los. Ich bin nur vorbeigekommen, um zu schauen, ob bei dir alles in Ordnung ist.«

Wir standen beide vom Tisch auf, sie hob ihre Papiere hoch und schob sie sich unter den Arm. Ich begleitete sie zur Tür.

Sie umarmte mich erneut, wobei ihr Parfüm meine Sinne verwirrte.

»Wir sehen uns, ja?«, sagte sie und drückte meinen Arm.

»Ja. Tschüss.«

Sie lächelte mich an und verschwand vor meinen Augen.

Sie ist bestimmt spät dran für ihr Date mit Eli…

Rose

Kurz vor Sonnenuntergang klopfte es heftig an unserer Tür. Ich lief los, aber mein Vater war vor mir am Eingang angekommen.

Micah stand im Türrahmen. Er trug ein Shirt und Jeans. Meine Mutter hatte sich um Kleidung für unsere Gäste gekümmert, da sie nichts weiter mitgebracht hatten als das, was sie bei ihrer Ankunft am Leib getragen hatten.

»Ja?«

»Ich bin gekommen, um-«, setzte Micah an.

Ich kam an der Tür an und legte meinem Vater eine Hand auf die Schulter.

»Er will zu mir.«

Mein Vater hob die Augenbrauen und sah von mir zum

Werwolf, bevor er einen Schritt zur Seite tat und mich nach draußen ließ.

»Pass auf meine Tochter auf, Wolf«, sagte er.

»Natürlich«, antwortete Micah.

»Und Rose.« Der Blick meines Vaters durchbohrte mich förmlich. »Komm nicht nach neun Uhr dreißig zurück.«

»Okay«, sagte ich und eilte mit Micah in den Aufzug, bevor mein Vater mir noch weitere Regeln auferlegen konnte.

»Beachte meinen Vater nicht weiter«, raunte ich, während wir nach unten fuhren.

»Ich denke, dass es jedem schwerfallen würde, deinen Vater nicht zu beachten. Schließlich ist er der König dieser Insel.«

Ich lachte trocken.

Als wir auf dem Waldboden ankamen, sah ich mich um. »Wo hast du vor, dich zu verwandeln?«

»Da, wo es anfängt zu passieren. Es fehlt nicht mehr viel. Wir können so lange weitergehen.«

Wir liefen schweigend nebeneinander her. Ich warf ihm Blicke zu, gespannt zu sehen, wann ihm das Fell aus der Haut wachsen würde. Aber erst als wir am Strand ankamen, brummte er und blieb plötzlich stehen.

»Es ist so weit«, sagte er mit zugeschnürtem Hals.

Ich trat ein paar Schritte zurück und sah zu, wie er sich auf den Boden fallen ließ und sich auf Hände und Beine stützte.

Sein Körper begann zu zittern. Seine Kleidung riss über seiner wachsenden Gestalt und lag in Fetzen auf dem Boden verteilt. Sein Kopf wurde größer. Dickes Fell bedeckte seine Haut. Seine Zähne wurden länger und waren nun messerscharf. Seine Hände und Füße ballten sich, als sich seine Beine herausformten, und sein ganzer Körper wurde von Muskeln durchzogen. Nun war seine Verwandlung vollständig und er stellte sich auf seine vier Beine.

»Normalerweise ziehe ich mich vor der Verwandlung aus, um das hier zu vermeiden«, sagte er mit dunkler Stimme und neigte seinen Kopf auf die Kleiderfetzen am Boden. »Aber meine heutige Begleitung hat das ausgeschlossen…«

Ich lächelte ihm leicht zu.

Er schüttelte seine dichte braune Mähne und streckte seine Glieder.

»So, nun hast du es gesehen. Was denkst du?«

»Hm, es ging schneller, als ich es mir vorgestellt habe.«

»Lust auf einen Ritt?«

»E-einen Ritt?«

»Ja.«

Ich biss mir auf die Lippe und musterte seinen breiten Rücken. Natürlich hatte ich Lust. Wie viele Mädchen konnten schon behaupten, jemals auf einem Werwolf geritten zu sein? Aber ich war zu schüchtern, um es zuzugeben. Ich hatte Micah schließlich gerade erst kennengelernt.

»Nein?«, fragte er.

»Na gut. Aber nur einen kurzen Ritt.«

Er kniete nieder, damit ich auf seinen Rücken steigen konnte. Ich packte das Fell an seinem Hals und zog mich hoch, wobei ich ihm ein Bein über den Rücken schwang.

»Hältst du dich gut fest?«

»Ähm, noch nicht«, sagte ich, grub meine Hände weiter in sein Nackenfell und klammerte mich an ihn. »Tut das weh?«

Sein Rücken bebte, als er auflachte. »Nein.«

Ich hielt mich noch mehr fest – gerade rechtzeitig, denn er sprintete vorwärts und es verschlug mir vor Schreck ganz den Atem. Wir rasten am Strand entlang, wobei Gischt und Sand um uns herum aufstoben. Ich presste ihm meine Fersen in die Seiten und hielt mich krampfhaft an ihm fest. Werwölfe schienen schneller zu sein als Vampire. Wir umringten die Insel und schon bald hatten sich meine Nerven beruhigt und ich begann, den Ritt zu genießen.

Nachdem er die Küste der Insel einmal umringt hatte, bog er vom Strand ab und machte sich in die Wälder auf. Ich duckte mich und schloss die Augen auf seinen Rat hin, um niedrighängenden Ästen auszuweichen. Wir kamen am Eingang der Schwarzen Höhen an und er stürmte den Berg hinauf. Auf diese Art von Wagnis war ich nicht eingestellt gewesen. Wir befanden uns in einem Winkel von fast sechzig Grad, als Micah nach oben rauschte.

»Micah«, keuchte ich, als mir das Blut aus den Fingerknöcheln gewichen war. »Ich rutsche ab.«

Entweder hörte er mich nicht oder er ignorierte mich absichtlich, denn er rannte weiter den Berg hinauf. Ich kämpfte darum, nicht den Halt zu verlieren, und schlang schließlich meine Arme um seinen Hals, um nicht herunterzufallen.

Nach einem besonders felsigen Teil, währenddessen ich mir sicher war, zu fallen, kamen wir endlich auf dem Gipfel des Berges an. Ich ließ Micah los und brach auf dem Boden zusammen.

Gott. Dieser Wolf ist verrückt.

Micah legte seinen Kopf zur Seite. »Du bist nicht abgerutscht.«

Ich setzte mich auf und starrte ihn an. »Aber das wäre ich beinahe.« Ich wagte es, über die Felskante zu schauen und schnappte nach Luft, als ich sah, wie weit oben wir uns befanden. Ein starker, kalter Wind fuhr über die Berge hinweg. Ich fürchtete mich davor, aufzustehen, aus Angst, das Gleichgewicht zu verlieren. Micah hatte auf einem besonders schmalen Felsstreifen angehalten und da sein breiter Körper bereits den Großteil des Platzes einnahm, rührte ich mich nicht vom Fleck und blieb flach auf dem

Boden liegen.

»Ich hätte dich nicht fallen lassen«, sagte er.

Ich kniff meine Augen zusammen.

»Ein riskantes Leben ist einfach spannender.«

»Das war nicht spannend. Das war einfach nur dumm. Und jetzt müssen wir den ganzen Weg wieder runter…«

»Ich werde beim Abstieg sanfter mit dir umgehen«, sagte er. »Versprochen.«

Er schwieg, während wir den beeindruckenden Ausblick genossen. Ich hätte zu Tode erschrocken sein sollen, hier oben zu hocken, weit weg von allen, zusammen mit einem riesigen Werwolf. Aber irgendwie vertraute ich Micah. Obwohl ich ihn kaum kannte. Aber vielleicht lag das nur wieder an meiner Naivität.

Ich hatte das Zeitgefühl verloren. Erst jetzt, als ich nicht mehr darum kämpfte, mich an dem Wolf festklammern zu müssen, warf ich einen Blick auf die Uhr. Zehn Uhr.

»Mist. Ich muss sofort nach Hause. Es ist schon nach halb zehn.«

Er sah enttäuscht aus, sagte aber: »Wenn es das ist, was du willst…«

Ich stieg auf seinen Rücken und hielt den Atem an, während Micah von den Felsen sprang und sich seinen Weg nach unten bahnte. *So viel zum sanfteren Umgang beim Abstieg.*

Ich hätte schwören können, dass er weniger Haare im

Nacken hatte, als wir an meinem Penthouse ankamen. Ich rutschte von seinem Rücken, wobei ich seinen Kopf umklammerte, um nicht das Gleichgewicht zu verlieren, bis ich sicher auf eigenen Beinen stand. Als ich auf den Aufzug zuging, machte Micah Anstalten, mir zu folgen. Ich drehte mich zu ihm um und schüttelte den Kopf.

»Es ist das Beste, wenn du hierbleibst«, sagte ich. Obwohl ich immer noch böse auf ihn war, fand ich es nett, dass er bereit war, sich die Standpauke meines Vaters anzuhören. Aber ich würde sie lieber allein über mich ergehen lassen.

»Dann gute Nacht«, sagte Micah.

»Gute Nacht«, sagte ich.

Es fiel mir schwer, Micah böse zu sein. Er hatte einfach etwas Erfrischendes an sich. Etwas Wildes und Rohes. Ich mochte es, dass er sich von gesellschaftlichen Normen nicht einschränken ließ.

Wir beide wollten uns gerade den Rücken zudrehen, aber bevor wir auseinandergingen, ging ich auf ihn zu und strich ihm übers Fell.

»Danke. Ich hatte Spaß heute Abend. Das würde ich gern mal wieder machen.«

»Du weißt, wo du mich findest?«

»Welche Hausnummer hast du?«

»Sechzehn.«

»Okay. Dann bis bald.«

Er stürmte in den dunklen Wald davon, während ich den Aufzug betrat. Als ich vor unserer Tür ankam, hielt ich die Luft an. Dann klopfte ich.

Ben machte auf.

»Du steckst in Schwierigkeiten«, murmelte er mir zu und ließ mich hinein.

Mein Vater tauchte aus seinem Arbeitszimmer auf und blickte mich wütend an.

»Weißt du, wie spät es ist?«

Ich schaute auf meine Fußspitzen. »Tut mir leid, Dad«, stammelte ich. »Ich habe einfach die Zeit vergessen.«

Ich setzte an, an ihm vorbei zu gehen und mich in meinem Zimmer zu verstecken, aber er hatte andere Pläne. Er stand vor meiner Schlafzimmertür und versperrte mir den Eingang.

»Du hast Hausarrest.«

»Was?«

»Das ganze Wochenende lang.«

Ich ächzte und stöhnte, aber mein Vater ließ sich nicht erweichen. Ich schoss an ihm vorbei und ging in mein Zimmer. Dann schlug ich die Tür hinter mir zu. Ich konnte nichts anderes von meinem Vater erwarten. Schließlich hatte ich in letzter Zeit genug Probleme gemacht. Es war nur logisch, dass meine Eltern jetzt strenger waren.

Als ich mich auf mein Bett fallen ließ, begann ich, mir

Sorgen um Micah zu machen. Wenn ich nicht bei ihm auftauchte, würde er vielleicht denken, dass er etwas Falsches gesagt oder getan hatte. Und obwohl er mich fast von den Schwarzen Höhen hatte fallen lassen, wollte ich, dass er wusste, dass er ganz und gar nichts falsch gemacht hatte.

Caleb

Annora gab mir nach meiner Rückkehr meinen Freiraum. Ich ging davon aus, dass sie gesehen hatte, in welcher Verfassung ich zurückgekommen war. Sie hatte wohl gedacht, dass ich mich am besten erholen sollte, bevor sie mich erneut besuchte.

Aber ich konnte meinem Körper nicht den Schlaf geben, nach dem er sich so dringend sehnte. Mein Geist war zu aufgeweckt. Ich drehte und wendete mich im Bett und versuchte, einzuschlafen, aber irgendwann gab ich es auf.

Rose hatte einen Geschmack in meinem Mund hinterlassen, der mir bekannt vorkam, aber doch anders war. Ein Geschmack, den ich nicht gespürt hatte, seit Annoras gute Tage vorbei waren. Und ich sehnte mich nach mehr.

Ich setzte mich im Bett auf, sah zum Fenster hinaus und beobachtete, wie hinter der Grenze die Sonne aufging. Mein Gespräch mit Mona bedrückte mich immer noch. *Lilith.* Sie war der einzige Strohhalm, an den ich mich klammern konnte.

***

Am nächsten Tag wartete ich darauf, dass Annora ihre Wohnung verließ, bevor ich mich in ihre Zimmer schlich. Ich ging direkt in ihre Bibliothek und holte Bücher aus den Regalen, wobei ich suchte, ob irgendwo der Name Lilith erwähnt wurde, ob es irgendwo einen Hinweis darauf gab, wer sie war und wo ich sie finden konnte. Die meisten von Annoras Büchern waren in einer alten Hexensprache geschrieben. Ich hatte im Laufe der Jahre ein wenig diese Sprache gelernt und konnte genug entziffern, um nach dem Namen Lilith zu suchen.

Nach zwanzig Minuten war mir klar, dass meine Suche sinnlos war. Zum einen hatte Annora mehrere Dutzend Bücher im Zimmer. Selbst wenn ich die Zeit gehabt hätte, jede einzelne Seite zu durchblättern, gab es keine Garantie, dass ich etwas über Lilith finden würde.

Vorsichtig stellte ich alle Bücher wieder so zurück, wie ich sie vorgefunden hatte, huschte aus der Wohnung und ging wieder in meine eigene Wohnung. Aber diese fühlte sich plötzlich schrecklich eng an. Also ging ich nach unten und streunte von einem Saal zum anderen, darauf bedacht, niemandem über den Weg zu laufen. Zum Glück war Einsamkeit in diesem Schloss nicht schwer zu finden.

Annora war die einzige Hexe, mit der wir Kontakt hatten. Wenn ich nach all den Jahren im Dienst der Hexe nicht wusste, wer Lilith war, würde es auch kein anderer Vampir hier wissen.

Der einzige Weg zu Lilith schien also über Annora zu führen. Wahrscheinlich hatte ich das schon die ganze Zeit geahnt. Aber ich hatte gehofft, Lilith ihr gegenüber nicht erwähnen zu müssen, weil es unangenehme Fragen aufwühlen würde. Woher wusste ich überhaupt von Lilith? Ich überlegte, welche Erklärung ich ihr hierfür geben konnte.

Während ich so hin und her lief, fiel mir plötzlich die Lösung ein.

Wenn ich Annora gegenüber Lilith nicht erwähnen kann, dann muss ich eben Annora dazu bringen, Lilith mir gegenüber zu erwähnen.

Mir lief ein Schauer über den Rücken, als mein Plan in meinen Gedanken Gestalt annahm. Es gab nur einen Weg, das zu erreichen. Ich musste Annora davon überzeugen, dass ich so werden wollte wie sie.

Vivienne

Ich wandte Xavier, der am Esstisch saß, den Rücken zu. Ich wuselte in der Küche umher und versuchte zu verbergen, wie sehr meine Hände zitterten. Ich goss zwei Gläser Rehblut ein und stellte Xavier ein Glas hin, bevor ich mich setzte.

Ich bemühte mich, ruhig zu erscheinen, obwohl ich völlig neben mir stand. Ich hatte begonnen, mich so zu fühlen, als wir von Annora gefangen genommen worden waren. Das Gefühl hatte sich in meiner Magengrube eingepflanzt und war bis heute nicht von dort verschwunden. Als ich die Vision gehabt hatte, war es nur noch schlimmer geworden.

»Was ist los, Viv?«, fragte Xavier, während seine schönen

Augen auf mir ruhten. »Du bist in letzter Zeit nicht du selbst.«

Sein Blick gab mir immer das Gefühl, dass er mich ganz einfach durchschauen konnte.

Ich räusperte mich und legte meine Hand auf seine. Ich drückte sie und zwang mich zu lächeln.

»Es geht mir gut. Es gibt nur etwas, über das ich mit dir sprechen möchte.«

»Was?«

Ich hielt die Luft an, besorgt, wie seine Reaktion ausfallen würde. »Xavier… Ich möchte ein Kind haben.«

Ihm fiel die Kinnlade herunter. Es dauerte einige Augenblicke, bis er seine Stimme wiedergefunden hatte.

»Meinst du das ernst?«, fragte er hustend.

Ich nickte.

Ein Lächeln machte sich auf seinem Gesicht breit. Er stand auf und umrundete den Tisch. Dann zog er mich auf die Füße und umarmte mich.

Er sah mir ins Gesicht und musterte mich aufmerksam. »Warum jetzt? Nach all dieser Zeit… Was hat sich geändert?«

Ich kuschelte meinen Kopf an seine Brust und atmete tief durch.

»Die Zeit, die wir im Kerker verbracht haben, Annoras Gnade ausgeliefert… Ich habe einfach gemerkt, dass ich aufhören muss, das Leben als etwas Selbstverständliches anzusehen. Sogar als Vampire können wir jederzeit sterben. Ich muss aufhören, das hinauszuschieben, was wir beide uns wünschen.«

Ich dachte, dass mir beim Anblick von Xaviers Begeisterung das Herz platzen würde. Xavier hatte sich schon seit langem Kinder gewünscht. Seit wir geheiratet hatten, hatte er daraus keinen Hehl gemacht. Ich war diejenige gewesen, die es hinausgezögert hatte. Ich hatte bereits den Verlust fast meiner ganzen Familie erlitten – meine Mutter, mein Vater und Bruder. Und mehr als einmal hätte ich auch Derek beinahe verloren. Ich wollte es nicht riskieren, dass Xavier oder ich während der Heilung starben. Derek hatte mir erzählt, wie schrecklich sie war. Und selbst wenn es uns beiden gelingen würde, uns in Menschen zu verwandeln, hatte ich Angst davor, Mutter zu werden. Ich wusste nicht, ob ich in der Lage war, eine gute Mutter zu sein. Mein Kopf schwirrte manchmal in so fernen Welten, dass ich fürchtete, einfach zu abwesend zu sein, um mich richtig um ein Kind kümmern zu können.

Ja, ich hatte Angst davor, ein Kind zu bekommen. Aber nun war die Aussicht darauf, keines bekommen zu können, noch angsteinflößender geworden. Und wie es meistens im Leben war: Man merkt erst, dass einem etwas fehlt, wenn es einem genommen worden ist.

Mir war klar geworden, wie sehr ich mir wünschte, mit Xavier ein Kind zu bekommen.

»Aber bist du dir sicher, Viv? Ich habe Angst, dass du es nur für mich tust.«

Ich schüttelte den Kopf. »Nein. Das tue ich nicht.«

»Aber warum gerade jetzt? Wo die Sicherheit der Insel auf dem Spiel steht? Ist jetzt wirklich der beste Zeitpunkt, uns in Menschen zu verwandeln und ein Kind zu bekommen?«

Ich hatte bereits darüber nachgedacht.

Ich nahm das Gesicht meines Mannes in meine Hände und küsste ihn auf die Wangen. »Es wird niemals einen perfekten Zeitpunkt geben. Das ist mir klar geworden. Es kann sein, dass es in der Zukunft nur noch unwahrscheinlicher wird. Im Moment sind wir durch Mona geschützt. Ich… Ich will nicht länger warten. Wer weiß, was in zehn Jahren passiert?«

»Aber-«

»Etwas sagt mir einfach, dass wir jetzt so sicher sind, wie wir es jemals sein werden. Es wird immer etwas Dunkles geben, das um die Ecke lauert. Wir müssen einfach unser Bestes geben, um unser Kind zu beschützen, so wie Derek und Sofia.«

Er strich mit seinen Daumen über mein Gesicht und sein Blick bohrte sich immer noch in meine Augen. »Aber Liebes, dies ist eine Zeit, in der wir stark sein müssen. Stärker als je zuvor. Wir hatten siebzehn Jahre Zeit, in denen nichts passiert ist… in denen wir ganz einfach…«

»Ich weiß«, sagte ich und schluckte den Knoten in meinem Hals herunter. »Ich weiß. Es war ein Fehler, nicht schon früher ein Kind zu bekommen. Aber ich will nicht später auf diese Zeit zurückschauen und merken, dass wir denselben Fehler wieder begangen haben.«

»Ich auch nicht«, sagte er. »Aber ich will auch nicht, dass wir es bereuen, ein Kind zu haben. Ich denke, dass wir warten sollten – ein paar Wochen – um zu sehen, wie sich die Dinge mit Annora entwickeln. Soweit wir wissen, könnten wir bis dahin schon von dieser Insel verjagt worden sein.«

Ich seufzte. »Na gut. Ein paar Wochen. Aber danach warten wir nicht länger.«

Rose

Das Wochenende ging nur langsam vorüber. Griffin kam mich am Samstag besuchen, wofür ich ihm sehr dankbar war. Seine Laune schien sich seit unserem letzten Treffen etwas verbessert zu haben. Ich nahm an, dass es daran lag, dass Micah nicht bei uns war. Aus irgendeinem Grund schien sich Griff in seiner Anwesenheit zu verspannen, also war ich darauf bedacht, das Thema gar nicht erst anzusprechen. Aber als Griff fragte, ob ich nach dem Mittagessen schwimmen gehen wollte, hatte ich keine andere Wahl, als den Werwolf zu erwähnen.

»Ich habe Hausarrest«, sagte ich brummend.

»Was hast du angestellt?«

»Ich bin zu spät nach Hause gekommen.«

»Wieso?«

Ich sah auf meinen leeren Teller hinab und fummelte an meinem Besteck herum. »Ich wollte Micah dabei zusehen, wie er sich verwandelt. Und dann ist die Sache etwas außer Kontrolle geraten. Ich bin auf seinem Rücken geritten und… Egal, auf jeden Fall hat mein Vater mir für das Wochenende Hausarrest gegeben.«

»Das ist wirklich schade«, sagte Griffin. »Am Sonnenstrand ist super Wetter.«

Ich stöhnte. »Ja, das kann ich mir vorstellen. Aber ich will dich nicht abhalten. Ich habe sowieso Hausaufgaben zu erledigen, mit denen ich im Verzug bin.«

Ich stand auf und begann, das Geschirr zu spülen. Griff verstand den Wink und stand auch auf.

»Okay«, sagte er und tätschelte mir die Schulter. »Wir sehen uns.«

»Bis bald, Griff.«

Sobald er die Wohnung verlassen hatte, ging ich in Bens Zimmer. Er lag auf dem Bauch auf seinem Bett, hörte Musik und lernte Algebra, immer noch im Schlafanzug.

Ich legte meine Hand auf seine Schulter und zog ihm die Kopfhörer ab.

»Du musst mir einen Gefallen tun«, sagte ich und beugte mich zu ihm herunter.

»Hm?«

»Micah. Ich will nur, dass du ihm sagst, dass ich das

Wochenende über Hausarrest habe, damit er nicht glaubt, dass ich heute nicht vorbeikomme, weil ich unhöflich bin. Wir hatten uns für heute Abend am Strand verabredet.«

»In Ordnung«, brummte Ben und schob sich seine Kopfhörstöpsel wieder in die Ohren. »Ich gehe nachher raus. Ich sage ihm dann Bescheid.«

»Danke«, sagte ich, strubbelte durch sein Haar und verließ sein Zimmer.

Ich räumte die Küche fertig auf und ging dann in mein Zimmer. Ich machte alle Hausaufgaben, die ich am Montag abgeben musste. Es war später Nachmittag, als ich mit einem besonders furchtbaren Blatt mit Mathe-Übungen fertig geworden war.

Ich ließ mich aufs Bett fallen, setzte mich aber Sekunden später auf, als es an meiner Tür klopfte.

»Herein«, sagte ich.

Meine Mutter steckte den Kopf ins Zimmer.

»Hallo Rose«, sagte sie, setzte sich neben mir aufs Bett und strich mir mit der Hand über den Arm. »Dein Vater hat mir erzählt, dass du dich mit Micah angefreundet hast.«

»Ja«, raunte ich. Ich wollte eigentlich einfach nur ein wenig schlafen.

»Er scheint ein netter, aufgeschlossener Typ zu sein.«

»Ich kenne ihn erst seit gestern Nachmittag«, sagte ich stirnrunzelnd.

Es kam mir eigenartig vor, dass sie zu mir gekommen

war, um mit mir über Micah zu sprechen, wo er doch kaum mehr war als eine Bekanntschaft. Ich hatte gefühlt, dass meine Mutter gemerkt hatte, dass ich etwas für Caleb empfunden hatte, obwohl ich ihr dankbar war, dass sie ihren Verdacht mir gegenüber nie geäußert und mir so einen peinlichen Moment erspart hatte. Vielleicht war sie jetzt erleichtert, dass ich mich mit einem anderen Jungen angefreundet hatte.

Ich war erleichtert, als sie das Thema wechselte.

»Wir gehen heute Abend weg. Dein Vater und ich haben ein Treffen mit den Novalics. Wir kommen wahrscheinlich erst spät wieder. Ich wollte dich nur warnen, nicht zu versuchen, das Haus zu verlassen, während wir weg sind. Dein Opa wird hierbleiben, weil dein Vater ihn darum gebeten hat – komm also nicht auf falsche Gedanken.«

Obwohl es mich verletzte, dass mein Vater mir nicht vertraute, konnte ich es ihm kaum verdenken. Ich hatte ihm in letzter Zeit wenig Grund gegeben, mir zu vertrauen.

»Ich habe nicht vor, wegzugehen«, sagte ich knapp. »Ich habe sowieso noch mehr Hausaufgaben zu erledigen.«

»Okay, Schatz«, sagte sie, strich mir mit den Fingern durchs Haar und küsste meine Stirn.

Ich blickte ihr nach, wie sie das Zimmer verließ und widmete mich wieder meinen Rechenaufgaben. Aber es fiel mir schwer, mich zu konzentrieren. Meine Gedanken schweiften ab zum Sonnenstrand. Ich wollte so gern mit den anderen schwimmen gehen. Irgendwann gelang es mir doch, meine Matheaufgaben zu beenden, obwohl ich doppelt so lange gebraucht hatte wie üblich.

Ich steckte meine Hausaufgaben in meinen Rucksack und ging ins Musikzimmer. Nach all der Arbeit meiner linken Gehirnhälfte war ich auf der Suche nach einer kreativen Beschäftigung. Auf dem Weg ins Musikzimmer schaute ich bei Ben vorbei. Aber er war schon weg. Vielleicht war er schon vor Stunden gegangen und hatte all diese Zeit über die Sonne genossen.

Ich ging zum Bücherregal in der Ecke und holte Notenblätter hervor. Ich wählte einen Satz aus und setzte mich ans Klavier. Nachdem ich die Noten auf dem Notenhalter glatt gestrichen hatte, begann ich zu spielen.

Ich war noch nicht einmal auf der Hälfte des Stücks angekommen, als ich am anderen Ende des Zimmers einen dumpfen Knall hörte. Ich sprang gerade rechtzeitig auf, um zu sehen, wie Micah durch ein halb offenes Fenster kroch, wobei sich seine breiten Schultern durch die Lücke quetschten.

»Micah!«, zischte ich. »Wie um alles auf der Welt…?« Ich eilte zu ihm und starrte zum Fenster hinaus. Vom bloßen Blick nach unten wurde mir schon schwindelig.

»Sag mir nicht, dass du bis hier hochgeklettert bist.«

In seinen Haaren hatten sich Blätter verfangen. Er atmete schwer, als er auf mich hinab blickte und ein

Grinsen breitete sich auf seinem Gesicht aus. »Dein Bruder hat mir erzählt, dass du… Hausarrest hast? Ich glaube, dass er dieses Wort benutzt hat.«

Bevor er weiterreden konnte, lief ich zur Tür des Musikzimmers und schloss sie.

»Du musst leise sein. Mein Opa ist hier. Vielleicht hat er dich schon gehört.«

Micahs belustigter Gesichtsausdruck verschwand nicht, als er durch das Zimmer ging und die Instrumente begutachtete. Er machte vor dem großen Klavier Halt und fuhr mit seinen Fingern über die Tasten.

»Ich habe noch nie eines berührt«, sagte er. »Spielst du?«

»Ja«, antwortete ich seufzend. »Micah, du solltest nicht hier sein. Sobald das Wochenende vorbei ist, darf ich wieder nach draußen. Dann können wir uns sehen.«

Er fuhr sich mit der Zunge über die Unterlippe und seine Augen funkelten schelmisch. »Ich finde einfach, dass der Tag zu schön ist, um Hausarrest zu bekommen.«

»Ja, naja, es wird noch viele schöne Tage geben.«

Er wurde still und ging wieder im Zimmer auf und ab, bevor er zu meiner Erleichterung auf das Fenster zuging. Aber plötzlich hielt er erneut an.

»Ich könnte deinen Hausarrest für eine Weile aufheben…«

Er streckte seine Hand aus und legte seinen Kopf zur Seite.

Ich biss mir auf die Lippe und starrte ihn an. Mein Gewissen riet mir, ihn rauszuschmeißen. Aber meine andere Seite, meine wilde Seite, die genervt davon war, an diesem schönen Tag drinnen hocken zu müssen, stachelte mich an, seine Hand zu ergreifen. Letztere gewann schließlich.

Ich atmete aus und hoffte, dass ich meine Entscheidung nicht bereuen würde. Ich legte einen Finger auf meine Lippen und sah ihn an. Dann nahm ich seine Hand und führte ihn aus dem Musikzimmer in mein eigenes Zimmer.

»Warte hier«, sagte ich und schloss die Tür.

Mein Großvater saß mit einem Buch auf dem Schoß im Wohnzimmer. Er sah auf, als er mich kommen hörte.

»Wie läuft´s mit den Hausaufgaben, Schatz?«

»Ich bin fertig«, sagte ich und gähnte übertrieben laut. »Ich bin völlig fertig. Ich werde mich etwas schlafen legen, also lass bitte niemanden in mein Zimmer. Ich werde wahrscheinlich ein paar Stunden schlafen…«

»Ich sorge dafür, dass dich niemand weckt«, sagte er.

Ich ging in mein Zimmer zurück und hängte mein Bitte-nicht-stören-Schild von außen an den Türknauf. Nur für alle Fälle. Micah hatte mein Fenster bereits geöffnet und seine Augen blitzten vor Aufregung.

»Und?«, sagte er.

»Befreie mich.«

Rose

Micah beugte sich vor, sodass ich auf seinen Rücken klettern konnte. Ich fühlte mich viel sicherer bei ihm, wenn er seine menschliche Gestalt hatte. Es war auf jeden Fall leichter, mich an ihm festzuhalten. Ich schlang meine Arme um seine breiten Schultern und meine Beine umklammerten seine muskulöse Taille. Ich schloss die Augen, als er aus dem Fenster sprang. Ich hielt mich so sehr an ihm fest, dass ich fürchtete, ihn zu erwürgen, während er mehrere Meter weiter unten in den Ästen eines nahegelegenen Baums landete.

»Wohin gehen wir?«, fragte ich, als er sich von Ast zu Ast hangelte. Seine Hände umfassten meine Beine und hielten mich fest.

Er antwortete nicht, während er weiter mit rasender Geschwindigkeit nach unten kletterte.

»Wir dürfen auf keinen Fall meinen Eltern begegnen.«

»Keine Sorge, Prinzessin. Ich sorge dafür, dass das nicht passiert.«

Als wir am Waldboden angekommen waren, war ich außer Atem. Ich hatte erwartet, dass er mich absetzen würde, aber er begann, mit mir auf seinem Rücken zwischen den Bäumen entlang zu rennen.

»Meine Eltern haben ihr Treffen wahrscheinlich in der Großen Kuppel. Also komm bloß nicht in die Nähe.«

Mir wurde sehr bald klar, wohin er mich brachte. Wir waren unterwegs zum Sonnenstrand. Er setzte mich im Sand ab, sobald wir angekommen waren. Ich blickte mich um. Ben schwamm mit ein paar Freunden im Wasser. Ich entdeckte ein paar meiner Freundinnen. Micah knöpfte sich das Hemd auf, lief zielstrebig aufs Wasser zu und tauchte hinein.

Ich schlenderte am Wasser entlang und bereute es, nicht an meinen Bikini gedacht zu haben. Ich würde mich damit begnügen müssen, mit den Füßen im verlockenden er zu plmüssen, mit den FWasser zu plätschern.

Micah schwamm zu mir.ch wchlenderte am Wasser entlang und bereute es, nicht an meinen Bikini gedacht zu haben. as Fenster zuging.chtete.iten Schulte »Kommst du nicht rein?«

Bevor ich ihm antworten konnte, rief eine bekannte Stimme meinen Namen.

Ich drehte mich um und sah, wie Griffin in Badehose zu mir herüber kam.

»Hey, ich dachte, du hättest Hausarrest?«

Ich sah ihn scheinheilig an.

»Ich bin… Micah hat mir geholfen, aus dem Fenster zu klettern.«

»Oh«, sagte er und sein Blick fiel auf Micah, der inzwischen aus dem Wasser gestiegen war.

»Hm. Und wirst du nicht schwimmen gehen?«

»Das würde ich ja gern, aber ich habe meinen Bikini zu Hause vergessen.«

»Bi-kini?« Micah kräuselte die Nase und sah mich fragend an.

»Ah, das ist das, was die Mädchen zum Schwimmen anziehen.« Ich zeigte auf eine Gruppe Mädchen am Strand. »Wie die Mädchen dort tragen.«

»Sag mir, wo er ist, und ich hole ihn dir«, bot sich Griff an.

»Nein, mach dir keine Sorgen, ich werde einfach meinen Rock hochraffen-«

»Wo ist er?«, fragte Micah und beugte sich über mich. Sein Ton klang eher nach einem Befehl als nach einer Frage.

»Ähm, er ist in der untersten Schublade meiner

Kommode. Und wenn du dir schon die Mühe machst, bring mir doch gleich auch ein Handtuch mit. Über meiner Stuhllehne in der Nähe von meinem Bett hängt eins. Aber lass dich bloß nicht von Aiden erwischen.«

Er stürmte davon und ließ mich mit Griff stehen. Der richtete den Blick aufs Meer.

»Griff, ich…« Ich öffnete den Mund, bevor ich über den Rest meines Satzes nachgedacht hatte. Sein Blick brachte mich um. Enttäuschung. Sie war subtil, aber ich kannte ihn zu gut, um sie zu erkennen.

Ich ertrug das Schweigen nicht, also nahm ich seine Hand und zog ihn hinter mir ins Wasser. Ich watete durch die Wellen und hob meinen Rock so weit wie möglich hoch.

Aber wir blieben nicht lang allein. Micah kam etwa zehn Minuten später wieder, mein Handtuch über seiner nackten Schulter tragend und meinen Bikini in seiner großen Faust zusammengeknäult.

»Aiden hat dich nicht erwischt, hoffe ich?«

Er schüttelte den Kopf.

Ich verließ den Strand und fand einen ruhigen Platz im Wald, wo ich mich ungestört umziehen konnte. Dann kehrte ich zum Wasser zurück, legte mein Handtuch auf einen trockenen Sandstreifen und watete ins Meer. Griff war zu Ben und seinen Freunden hinübergegangen und Micah schwamm allein.

Als mein Bruder mich sah, stand er auf.

»Was machst du hier?«, fragte er.

Ich grinste und zuckte mit den Schultern. Er sah mich entgeistert an.

Ich lief weiter ins Wasser hinein und machte mich zu meinem Bruder und Griff auf. Micah schien ins Schwimmen versunken zu sein. Aber der Werwolf schwamm zu mir, sobald er mich bemerkt hatte. Er hielt vor mir an und versperrte mir den Weg.

»Komm mit mir«, sagte er.

»Häh?«

Bevor ich widersprechen konnte, hatte er mich an sich gezogen und meine Arme um seinen Hals gelegt. Dann schwamm er in die entgegengesetzte Richtung von der Stelle, an der mein Bruder war, und zog mich weiter aufs Meer hinaus.

Na toll.

Langsam wurde ich unruhig, als ich sah, wie weit wir schwammen. Das Wasser wurde rauer und rauer und wir näherten uns der Grenze der Insel.

»Was machst du?«

»Ich will dir zeigen, wie ich fische«, sagte Micah und zog meine Arme fester um sich.

»Micah!«, rief eine weibliche Stimme scharf. Micah hielt inne und drehte sich um. Saira kam auf uns zugeschwommen. Ihr wuscheliges braunes Haar hatte sie zu einem Knoten auf ihrem Kopf zusammengebunden. Sie schwamm schneller, als ich es von einer so kleinen Frau erwartet hätte.

»Schwimm nicht wieder über die Grenze«, sagte sie, als sie uns überholte und Micah den Weg versperrte. »Ganz besonders nicht mit der Prinzessin.«

Micah sah enttäuscht aus, zuckte aber mit den Schultern. Er drehte um und wir näherten uns wieder der Küste. Als wir in seichteren Gewässern angekommen waren, ließ ich ihn los und schwamm zu meinem Bruder und Griff hinüber. Micah folgte mir. Ich stellte den Werwolf denen vor, die ihn noch nicht kannten, und wir verbrachten die nächsten paar Stunden bis Sonnenuntergang damit, in den kühlen Wellen zu schwimmen, um der Hitze und Feuchtigkeit des Tages zu entkommen und die Sonnenstrahlen zu genießen.

Sobald die Sonne untergegangen war, machten wir ein Lagerfeuer am Strand und Micah fing ein paar Fische. Auch Brett gesellte sich zu uns und half beim Grillen. Ich setzte mich bewusst neben Griff und sprach mit ihm über alles Mögliche, nur nicht über den Werwolf.

Ich musste früh nach Hause gehen, für den Fall, dass meine Eltern oder Aiden in mein Zimmer schauten. Ich hoffte, dass sie es nicht bereits getan hatten. Micah bemerkte, dass ich aufstand und kam zu mir hinüber.

»Ich bringe dich zurück?«

»Ja, bitte.«

Ich verabschiedete mich von Griff und den anderen mit Bedauern, dass ich nicht bleiben konnte, um Marshmallows mit ihnen zu essen. Micah half mir, auf seinen Rücken zu steigen, und wir machten uns auf den Weg zum Penthouse. Ich hielt mich fest und atmete stoßweise, während er durch die Äste nach oben raste. Ich schloss die Augen und vergrub meinen Kopf in seinem Nacken aus Angst davor, dass einer der Zweige meine Augen verletzen könnte. Als er anhielt, blickte ich auf. Wir befanden uns auf der Höhe meines Fensters. Er machte einen gewaltigen Satz, der meinen Magen beben ließ und zog sich am Fensterbrett hoch, um in mein Zimmer zu steigen.

Erleichtert sah ich, dass meine Tür noch geschlossen war. Hoffentlich war ich rechtzeitig zurückgekommen, um nicht entdeckt zu werden.

»Danke«, sagte ich.

»Wann sehe ich dich wieder?«

Ich fand seine Frage seltsam. Als ob er davon ausging, dass wir uns nun regelmäßig sehen würden.

»Morgen nach der Schule, schätze ich«, sagte ich.

Ich hörte Stimmen im Flur.

»Geh. Jetzt!«, zischte ich.

Er stieg aus dem Fenster und sprang auf einen ein paar Meter entfernten Baum. Ich schloss das Fenster und verkroch mich im Bett, wobei ich mir die Decke bis über die Stirn zog.

Meine Tür öffnete sich knarrend.

Ich hatte mich am Strand geduscht, bevor wir aufgebrochen waren, und konnte nur hoffen, dass ich nicht mehr nach Meer roch.

Jemand setzte sich auf meine Matratze. Zu schwer für meine Mutter. Es war entweder Aiden oder mein Vater, aber ich wagte es nicht, die Augen zu öffnen. Ich tat weiter so, als ob ich schlief.

Ich spürte eine Hand auf meiner Stirn, die mir das Haar aus dem Gesicht strich. Dann spürte ich einen sanften Kuss.

Mein Vater stand auf, ging durchs Zimmer und schloss die Tür hinter sich.

Ich atmete langsam aus. Wenn ich nur eine Minute später gekommen wäre, hätte er mich erwischt. Ich glaubte nicht, dass ich die Enttäuschung in seinen Augen darüber, dass ich sein Vertrauen erneut gebrochen hatte, hätte ertragen können.

Rose

Micah war ganz versessen darauf, mich in den folgenden Tagen nach der Schule zu sehen. Er schien nicht viel zu tun zu haben. Aber obwohl ich Griffin an erste Stelle setzte, sah ich Micah öfter als erwartet, denn Griffin hatte in dieser Woche mehr Hausaufgaben als ich zu erledigen.

Micah und ich hatten vereinbart, uns am Baumstamm unseres Hauses zu treffen. Das war mir lieber, als dass er vor unserer Tür auftauchte, da er auf meinen Vater nicht gerade einen guten ersten Eindruck gemacht hatte, auch wenn meine Mutter bis jetzt nichts gegen ihn zu haben schien.

An einem Abend spazierten wir am See entlang – dort waren wir vorher noch nie zusammen gewesen.

Ich hatte immer noch das Gefühl, nicht viel über den Werwolf zu wissen, und ich war mir nicht sicher, warum ich mich so sehr für ihn interessierte. Ich wusste auch nicht, warum ich so viel Zeit mit ihm verbrachte. Caleb schwirrte mir immer noch sehr oft im Kopf herum und ich fragte mich, ob ich Micah vielleicht einfach nur benutzte, um mich von Caleb abzulenken. Als eine Art Vergeltung. Auf jeden Fall war er eine gute Ablenkung. Wenn wir zusammen waren, konzentrierte ich mich voll auf unsere Gespräche. Es gab immer noch so vieles von ihm und der übernatürlichen Welt, was ich nicht wusste.

Als wir uns dem Bootshaus näherten, hielt ich plötzlich an. Ich packte Micahs Arm und zog ihn zurück. Er sah mich fragend an.

»Warte«, flüsterte ich.

Ich hockte mich in die Büsche und zog Micah zu mir herab. Dann blickte ich durch die Blätter und traute meinen Augen kaum. Unsere Schuldirektorin, Adelle. Sie machte mit jemandem rum… Eli?

Alle anderen Mädchen in meiner Klasse waren davon überzeugt, dass Eli nie ein Mädchen abkriegen würde – schließlich war er schon seit Jahrhunderten Junggeselle. Ich war geschockt zu sehen, wie er meine Lehrerin abknutschte. Ich brauchte einen Augenblick, um meinen Kiefer wieder einzurenken.

Ich wagte es nicht, zu flüstern, falls sie uns hören

konnten. Ich machte Zeichen und wir krochen rückwärts aus dem Gestrüpp. Doch Micah trat auf einen Zweig. Mein Blick schoss zum Bootshaus. Zu spät. Sie hatten uns entdeckt.

Adelle sah verschämt aus, als sie sich aus Elis Umarmung wand. Ich war nicht sicher, warum sie so schuldbewusst dreinblickte. Natürlich was es peinlich, aber sie tat ja nichts Verbotenes.

»Hallo, Rose.« Ihre Wangen waren fast so rot wie ihre Haare.

»Hallo, Ms. Ardene«, sagte ich.

Sie grinste unangenehm berührt und strich sich mit dem Handrücken über die Lippen, wobei sie ihren Lippenstift nur noch mehr verschmierte. Dann nahm sie Elis Hand und die beiden gingen in den Wald davon.

»Jetzt können wir uns auch genauso gut dorthin setzen«, sagte ich, als sie aus unseren Augen verschwunden waren.

Ich lehnte mich gegen den Fensterrahmen und blickte auf die blauen Seerosen unter uns. Wir standen schweigend da. Ich sah zu Micah hinauf. Zur Abwechslung sah er mich mal nicht an. Auch er starrte gebannt aufs Wasser.

»Hast du Familie?«, fragte ich.

Er schüttelte den Kopf. »Nicht mehr.«

»Was ist passiert?«

Er atmete tief durch und hielt inne. Dann fuhr er sich mit der Zunge über die Unterlippe.

»Ich habe sie in meinem Königreich zurückgelassen, als ich verbannt wurde. Seitdem habe ich sie nicht mehr gesehen.«

»Du wurdest verbannt?«

»Ja. Die meisten der Gefährten von Matteo sind Verbannte.«

»Verstehe. Leben Werwölfe für immer?«

»Nein. Wir leben sehr lange, oft so lange wie Hexen. Aber nicht für immer.«

»Warum genau bist du verbannt worden?«

Er schluckte und scharrte mit seinen Fußspitzen über den Holzboden. »Ich war in ein Mädchen verliebt, in das ich mich nicht hätte verlieben dürfen.«

Oh. Ich schwieg. Ich traute mich nicht, ihn dazu aufzufordern, weiterzusprechen, obwohl ich vor Neugier glühte. Aber ich brauchte nichts zu sagen.

»Sie war auch in mich verliebt. Oder zumindest hat sie das gesagt. Aber sie war die Tochter unseres Anführers. Und sie war bereits verlobt…«

»Es tut mir leid«, sagte ich.

»Ich hatte die Wahl, zu gehen oder hingerichtet zu werden. Ich erinnere mich noch an die Nacht, in der sie uns erwischt haben. Die Angst in den Augen meiner Familie. Ich hatte keine Zeit, irgendetwas zusammenzupacken. Ich musste einfach mit dem Boot davonsegeln. Gehen und niemals wiederkehren. Ich wusste nicht, wie ich überleben sollte. Ich war noch nie außerhalb meines eigenen Königreichs gewesen. Aber zum Glück bin ich auf Matteo und seine Truppe gestoßen. Sie haben mir eine Kabine in ihrem Schiff gegeben. Der Rest ist Geschichte. Sie sind meine Familie… so wie jetzt die Leute im Schattenreich.« Sein Blick streifte mich.

»Glaubst du, dass du deine Familie jemals wiedersehen wirst?«

»Nein.«

»Aber du bist doch über das Königreich der Werwölfe auf die Erde gekommen, oder?«

»Ja. Aber wenn mich jemand dort erwischt hätte, wäre ich nicht mit dem Leben davongekommen. Mona hat einen Unsichtbarkeitszauber über uns alle gelegt, als wir zum versteckten Tor gereist sind.« Er schüttelte erneut den Kopf, als ob er seine Gedanken ordnen wollte. »Auf jeden Fall, sie… sie alle. Sie sind alle fort. Ich werde niemals dorthin zurückkehren. Sie sind meine Vergangenheit.«

Wieder machte sich Schweigen breit.

»Ich weiß, wie es ist, jemanden zu lieben, mit dem man nicht zusammen sein kann«, sagte ich. Ich wusste nicht, warum ich das Micah erzählte, wenn ich es nicht einmal meinem Bruder verraten hatte.

Er wandte sich zu mir und hob die Augenbraue. Er wartete, dass ich weitersprach.

Ich fühlte mich nicht wohl dabei, Calebs Namen laut

auszusprechen. Es fühlte sich nicht richtig an. Also sagte ich einfach: »Wir hatten ein… Missverständnis. Um ehrlich zu sein, möchte ich auch nicht gern über ihn reden.«

»Das ist in Ordnung«, sagte Micah und nahm meine Hand. »Das verstehe ich.«

Ich lächelte ihn schwach an.

Wir verließen das Bootshaus und gingen noch eine Runde um den See, bevor wir nach Hause gingen. Es war spät geworden und ich wollte vermeiden, schon wieder Hausarrest zu bekommen. Micah trug mich auf seinem Rücken nach Hause.

Auf meine Bitte hin hielt er am Fuß unseres Baumes. Ich sah auf die Uhr. Mir blieben noch zehn Minuten, um mich oben blicken zu lassen. Ich schaute zu Micah auf. Wir hatten nicht gesprochen, seit wir das Bootshaus verlassen hatten. Sein Gesichtsausdruck verunsicherte mich. Er sah… aufgewühlt aus. Als ob er etwas versteckte, als ob sich etwas in ihm zusammenbraute.

»Dann gute Nacht«, sagte ich und wandte ihm den Rücken zu.

Seine starken Hände packten meine Schultern und wirbelten mich herum.

Bevor ich verstand, wie mir geschah, hatte Micah meinen Kiefer gepackt und zog mich an sich. Seine Lippen pressten sich auf meine Wange und ich spürte die Spitze seiner heißen, rauen Zunge, wie sie über meine Haut fuhr.

Ich taumelte nach hinten und berührte meine Haut, wo sein Mund gewesen war. Seine haselnussbraunen Augen sahen entschlossen aus.

»Gute Nacht«, knurrte er.

Er drehte sich um und rannte davon. Ich starrte ihm nach. Seine Glieder begannen, sich zu verwandeln und er berührte mit allen Vieren den Waldboden, während er weitersprintete.

Der Junge ist verrückt.

Rose

Ich war mir nicht sicher, wie ich Micahs Kuss deuten sollte. Ein Teil von mir fühlte sich sehr unwohl. Daher war ich froh, dass wir diese Woche Klassenarbeiten schrieben. Ich konnte mich in meinen Büchern vergraben und so vermeiden, an Caleb oder den Werwolf zu denken.

In meinen freien Stunden ging ich allein spazieren und vermied bewusst die Küstenstreifen, an denen sich die Werwölfe versammelten. Als ich eines Abends auf dem Rückweg nach Hause am Strand entlanglief, hörte ich eine brummende Stimme hinter mir.

»Hallo.«

Ich wirbelte herum. Vor mir stand der Oger.

»Oh, hallo, Brett.«

Das war das erste Mal, dass ich mit ihm sprach, seit er auf der Insel angekommen war.

Er stand im Eingang einer großen Höhle. Ich hatte vergessen, dass er auf dieser Seite der Insel lebte.

»Willst du reinkommen?« Seine fleischige Hand winkte mich zu sich.

Obwohl mir alle versichert hatten, dass er ungefährlich war, klopfte mein Herz auf einmal doppelt so schnell, als ich über die Felsen auf ihn zuging, langsam und vorsichtig. Seine Erscheinung war so respekteinflößend, dass ich nervös wurde.

Er grinste von einem Ohr zum anderen, als ich in seine Höhle trat, und schaute mich begeistert an.

Er ging mir voraus und führte mich weiter in sein Zuhause. Ich sah mich um. In einer Ecke lag ein Haufen Stroh mit einem Stapel schmutziger Wäsche. In der Mitte der Höhle lagen eine Axt, eine Säge, kleine Schnitzwerkzeuge, ein Holzscheit und ein halber Stuhl.

Brett sah mich verlegen an. »Es tut mir leid, dass es noch nichts gibt, wo sich die Prinzessin hinsetzen könnte«, raunte er. »Ich muss schneller arbeiten. Ich bekomme nicht viel Besuch, wie du siehst.«

Ich setzte mich ins Stroh und er setzte sich mir gegenüber auf den Boden.

Ich konnte einfach nicht fassen, dass ich einem Oger gegenüber saß. Bis vor kurzem hatte ich nicht einmal gewusst, dass Oger existierten. Ich erinnerte mich daran, wie mein Vater Ben und mir Geschichten vorgelesen hatte, in denen Oger vorkamen, als wir noch kleiner waren, aber ich dachte, dass sie nur das waren – Geschichten. Andererseits war es auch nicht zu schwer, sich an den Gedanken zu gewöhnen, schließlich waren wir bei Eltern aufgewachsen, die Vampire waren.

Ich sah auf seine unfertige Arbeit am Boden und bewunderte seine Fähigkeiten.

»Das sieht sehr gut aus«, sagte ich. »Wie lange wirst du brauchen, bis es fertig ist?«

Er zuckte mit den Schultern. »Es geht langsamer als sonst. Ich habe nicht so gute Werkzeuge hier, wie ich zu Hause hatte. Ich musste sie alle zurücklassen«, sagte er und wischte sich mit dem Handrücken die laufende Nase ab.

»Ich bin sicher, dass wir ein paar Stühle haben, wenn du welche brauchst. Die Hexen sind sehr gut in sowas. Und wie wäre es mit einem bequemeren Bett? Das Stroh scheint ziemlich kitzelig zu sein, um darauf zu schlafen.«

»Ich baue mir gern meine eigenen Sachen. Und ich mag Stroh. Es hilft gut bei Juckreiz. Solltest du mal ausprobieren.«

»Hm, ja, vielleicht.«

Ich stand auf und beugte mich näher über den halbfertigen Stuhl. Ich war beeindruckt, mit wie viel Geschick er gebaut worden war – rund um die Sitzfläche entdeckte ich schöne Verzierungen. Ich fragte mich, wie lange Brett wohl daran gearbeitet hatte.

»Das machst du also mit deiner Zeit?«, fragte ich. »Du schaffst schöne Dinge.«

Er warf einen weiteren wehmütigen Blick auf den unvollendeten Stuhl und seufzte. »Ja, naja, das war früher meine Arbeit. Als wir auf unserer eigenen Insel waren. Kapitän Matteo hat mir diese Arbeit gegeben, Dinge zu bauen. Weil ich nicht gern kämpfe.«

»Kämpfen?«

Er sah zu mir. »Ja, wenn böse Leute versucht haben, unsere Insel zu überfallen. Ich mag es nicht.«

»Ah, ach so. Verstehe.« Ich streckte meine Hand aus und tätschelte ihm den ledrigen Unterarm. »Ich mag es auch nicht, zu kämpfen.«

Eine Welle der Traurigkeit überkam mich, als ich mich erneut in der feuchten, leeren Höhle umsah. Ich dachte daran, wie einsam sich diese Kreatur fühlen musste, wo der Oger doch der einzige seiner Art auf unserer Insel war.

»Hast du schon immer allein gelebt?«

Meine Frage schien ihn zu überraschen, als ob die Antwort zu offensichtlich war.

»Ja.«

Dann gluckste er und schüttelte den Kopf. »Es gibt niemanden, der meine Höhle mit mir teilen will.«

Ich schwieg und betrachtete sein Gesicht. Er hatte eine

so unschuldige, gutwillige Natur. Fast wie ein Kind.

»Wir müssen ein hübsches Mädchen finden, das dir Gesellschaft leistet, Brett.«

Er errötete. Er sah süß aus – ein Wort, von dem ich nie geglaubt hätte, es einmal zu benutzen, um einen Oger zu beschreiben.

»Ach«, brummte er und winkte ab. »Mädchen bringen nur Probleme…«

Ich kicherte. »Aber hast du schon einmal ein Mädchen als Freundin gehabt?«

»Mädchen…« Er verstummte stirnrunzelnd. »Saira ist ein Mädchen und sie ist meine Freundin.«

»Nein, mit Freundin meine ich, ein Mädchen, das dich liebt. Und das du auch liebst.«

Er kräuselte die Brauen, als ob er angestrengt nachdachte. »Nein. Das habe ich noch nie gehabt.«

»Woher weißt du dann, dass Mädchen Probleme bringen?«

Er blickte zur Seite, als ob er damit auch das Thema ignorieren könnte. Sein Gesichtsausdruck ähnelte dem eines Vierjährigen, der sich um eine unangenehme Frage herumdrückte.

»Na?«

»Es gibt immer Streit, wenn es Mädchen gibt.«

»Aber das muss nicht passieren. Es gibt viele Paare, die nicht streiten.«

»Naja, du kennst die Ogermädchen nicht. Sie sind gemein.«

Es gab nicht viel, was ich darauf erwidern konnte. Brett war der einzige Oger, dem ich je begegnet war, und von dem, was ich bisher über Oger gelernt hatte, war Brett wohl eine Ausnahmeerscheinung. Die meisten Oger waren gemeine Bestien und deshalb war Brett ein Einzelgänger. Er mochte keine Gewalt.

»Manchmal«, fuhr er fort, »ist es besser, allein zu sein. Dann gibt es keinen Streit. Es ist friedlich. Keine Probleme.«

Ich biss mir auf die Lippe und blickte aus der Höhle aufs Meer hinaus. Wir schwiegen beide ein paar Minuten lang und hörten zu, wie die Wellen an die Küste geschäumt wurden.

»Du hast einen Jungen-Geliebten, oder?«, platzte Brett hervor.

Ich runzelte die Stirn und schüttelte den Kopf.

Er grinste und kniff die Augen zusammen. »Doch, hast du. Glaub nicht, dass ich dich nicht mit Micah gesehen hätte.«

»Oh«, sagte ich. Jetzt wurde ich rot. »Micah ist nur ein Freund. Ich kenne ihn ja kaum.«

»Tja, also ich habe gesehen, wie dich dieser Junge anschaut. Er glaubt, dass du seine Mädchen-Freundin bist.«

Ich wusste nicht, ob ich über Bretts Ausdrücke lachen

oder mir eher Sorgen machen sollte, dass der Oger das bemerkt hatte. Mein Gesichtsausdruck war dementsprechend verwirrt.

»Was hältst du von Micah?«, fragte ich ihn belustigt. »Glaubst du, dass er einen guten Jungen-Geliebten abgeben würde?«

Brett hielt inne und legte die Stirn in Falten. Er nahm meine Frage allem Anschein nach sehr ernst.

»Ja, ich glaube, er ist ein guter Typ.«

»Was kannst du mir über ihn sagen?«

Brett überlegte. »Er ist ein guter Fischer… obwohl er nicht so gut grillen kann.«

»Aha.« Das war anscheinend alles, was mir Brett verraten konnte. »Danke für den Hinweis, Brett. Ich werde ihn berücksichtigen. Fische zu grillen ist auf jeden Fall eine wichtige Fähigkeit.«

»Ja.«

»Ich sollte jetzt nach Hause gehen.«

»Oh, Prinzessin, du könntest zum Essen bleiben, wenn du magst.«

»Das würde ich sehr gern, Brett, wirklich. Aber meine Eltern wollen, dass ich früh nach Hause komme.«

Er schaute etwas enttäuscht drein, aber er hatte wohl schon mit dieser Antwort gerechnet. Ich bezweifelte, dass es auf der Insel viele gab, die allein mit Brett essen wollten.

»Na gut, vielen Dank für den Besuch, Prinzessin Rose.«

»Ich verspreche, dass ich dich bald wieder besuchen komme«, sagte ich, als ich die Höhle verließ, und ich meinte es ernst.

»Das wäre schön. Ich werde versuchen, bis dahin den Stuhl für dich fertig zu bauen. Kann ja nicht sein, dass die Prinzessin sich wieder ins Stroh setzen muss«, raunte er.

»Ich werde meinen Bruder Ben mitbringen, wenn du nichts dagegen hast. Und es macht uns nichts aus, im Stroh zu sitzen.«

Er strahlte erfreut beim Gedanken an zwei Besucher.

Wir verabschiedeten uns und ich kletterte über die Felsen zurück an den sandigen Strand. Ich wusste nicht, wie ich es zustande bringen sollte, aber ich hatte es mir zur Aufgabe erklärt, Brett eine Gefährtin zu finden.

Caleb

Am folgenden Abend saß ich in meinem Schlafzimmer und wartete darauf, dass Annora an meine Tür klopfte. Ich lag richtig in meiner Annahme, dass sie ihre allabendlichen Besuche wieder aufnehmen würde, nachdem ich eine Verschnaufpause gehabt hatte.

Sie kam um Mitternacht und trug wie üblich ihren schwarzen Seidenmantel und Unterwäsche.

Ich stand auf, als sie auf mich zukam, packte ihren Arm und setzte sie aufs Bett, während ich mich über sie beugte und tief in ihre stahlgrauen Augen schaute.

»Was?«

»Ich habe es lang genug aufgeschoben.«

Sie sah mich fragend an. »Was hast du aufgeschoben?«

»Ich will ein Zauberer werden.«

Sie blinzelte und ihre Unterlippe zuckte.

»Zauberer?«, hauchte sie.

»Nicht nur ein einfacher Zauberer. Ich will zu einem Medium für die Macht der Alten werden.«

»I-ist das dein Ernst?«

Ich nickte langsam und beobachtete jeden winzigen Anschein von Gefühlen, die sich in ihrem Gesicht spiegelten. Was ich entdeckte, verwirrte mich. Zuerst sah sie geschockt aus. Das konnte ich noch verstehen. Aber jetzt sah sie verstört auf. Besorgt. Verzweifelt sogar.

Ihre Hände begannen zu zittern, sie stand auf und ergriff meine Arme.

»Warum? Warum willst du nicht so bleiben, wie du bist?«

»Aus demselben Grund wie du. Macht. Einfluss. Ich will mich unserer Mission widmen.«

Sie schüttelte den Kopf.

»Nein.« Ihre Stimme krächzte. »Nein, Caleb. Ich, ich…« Sie schlug sich die Hand vor den Mund. Dann sank sie aufs Bett und atmete schwer. »Caleb, nicht.«

Ich wusste nicht, was für ein Spiel Annora spielte. Sie verweigerte mir etwas, wozu sie mich doch so lange Zeit gedrängt hatte. Ich beugte mich zu ihr, ergriff ihr Kinn und zwang sie, in meine Augen zu schauen.

»Warum?«, wiederholte ich. Unsere Gesichter berührten

sich beinahe.

Sie zuckte und schloss die Augen. Dann schüttelte sie erneut den Kopf.

Ich ignorierte ihre Gesten und bedrängte sie weiter.

»Wen muss ich suchen? Wer hat dich in ein Medium verwandelt?«

»Aber Caleb-«

»Beantworte einfach meine Frage.«

»I-ihr Name ist Lilith.«

»Lilith. Wer ist Lilith? Wo finde ich sie?«

»D-das kann ich dir nicht sagen.«

Mein Griff wurde fester. »Was meinst du damit, dass du es mir nicht sagen kannst?«

Tränen liefen ihr übers Gesicht. Sie entwand sich meinem Griff und eilte aus dem Raum. Ich hörte, wie sie die Tür hinter sich zuschlug.

Ich blickte ihr überrascht nach und hörte, wie ihre Schritte draußen auf dem Flur verhallten.

Ich hatte Annora noch nie so verstört gesehen. Und wie sie gegangen war… als ob sie völlig vergessen hatte, weswegen sie eigentlich zu mir gekommen war.

Ich trat aus der Wohnung und überlegte einen Augenblick, ob ich ihr folgen sollte, tat es dann aber nicht. Stattdessen ging ich in die Küche und schenkte mir ein Glas Blut ein. Ich atmete frustriert aus, als ich sah, dass alle Krüge leer waren. Sie aufzufüllen war Friedas Aufgabe gewesen. Es war meine Schuld, dass ich noch keinen Ersatz für sie benannt hatte, der diese Arbeit übernahm. Ich musste es wohl heute Nacht selbst erledigen.

Ich ließ den Krug auf dem Küchentisch stehen und betrat den Kerker durch den Eingang in der Ecke der Küche. Ich hörte Schreie und Stöhnen, als ich in das dunkle Gefängnis hinabstieg.

Ich blickte mich in den Zellen um und versuchte zu entscheiden, welcher Mensch am geeignetsten aussah, um meinen Durst zu stillen. Ich wählte den Dicksten aus, einen jungen Mann. Ich öffnete seine Zelle, zog ihn heraus und fesselte seine Hände. Ich wollte gerade den Kerker verlassen, als ich einen seltsamen Geruch bemerkte. Kein Mensch. Kein Vampir. Keine Hexe. Der Geruch war anders als alles, was ich bisher gerochen hatte. Ich band den Jungen an der Wand fest, damit er nicht auf dumme Gedanken kam, und ging dem Geruch nach.

Ich hielt vor einer Zelle, in der ein Wolf gefangen war. Ein riesiger Wolf. In einer Ecke zusammengesackt hob er den Kopf, als ich mich den Gitterstäben näherte.

»Werwolf?«

Er sah mich mit braunen Augen an.

»Nach was sehe ich denn sonst aus?«, sagte er heiser.

Seit wann halten wir Werwölfe im Kerker? Vielleicht ein neues Blutritual.

»Wer hat dich hierhergebracht?«

Der Wolf stützte sich an der Wand ab und versuchte mühsam, aufzustehen. Jetzt konnte ich sehen, dass er ein Männchen war. Seine beiden Hinterbeine waren schwer verletzt und voller Blut.

»Was geht dich das an?«, knurrte er. »Willst du mir helfen, zu fliehen?«

»Beantworte einfach meine Frage.«

Er knurrte und seine Augen wurden dunkel. »Ein Zauberer mit schwarzen Augen hat mich gefangen, als ich Fischen war. Er hat mir seinen Namen nicht verraten.«

»Wie heißt du?«

»Micah Kaelin.«

Rose

Ich hatte erwartet, dass Micah nach dem Kuss Abstand wahren würde. Aber er tauchte schon am nächsten Tag wieder auf, als ich mit Griff und meinen Freundinnen am Sonnenstrand schwimmen ging. Er kam komplett angezogen ans Wasser gelaufen und winkte mich zu sich. Ich blickte verlegen zu Griff hinüber, bevor ich zu Micah ging. Sein blondes Haar war in einem Knoten festgebunden. Sein Gesicht sah rau und unrasiert aus.

»Ich hatte gehofft, dass wir spazieren gehen könnten«, sagte er sanft.

»Okay.«

Ich zog mir meine Kleidung über den Bikini und folgte ihm in den Wald. *In den Wald mit dem großen bösen Wolf.*

»Es tut mir leid, was ich getan habe«, sagte er, als wir den Strand aus den Augen verloren hatten. »Ich hoffe, dass ich dich damit nicht gekränkt habe.«

Ich spürte, wie meine Wangen rot wurden. »Nein, du hast mich nicht gekränkt.«

»Das freut mich. Ich habe mir Sorgen gemacht. Ich wusste nicht, ob ich zu weit gegangen bin. Ich weiß, dass wir uns noch nicht so lange kennen.«

»Es war ja nur ein Kuss auf die Wange«, sagte ich. *Das ist die Untertreibung des Jahres.* »Es ist keine große Sache.«

»Gut… Ich habe übrigens das Fischerboot repariert. Es ist jetzt stabil genug, um zwei zu tragen. Kann ich es dir zeigen?«

»Du willst mir Fischen beibringen?«

Er umfasste meine Taille und warf mich über seine Schulter. Dann begann er, durch den Wald zu rasen.

»Micah? Was machst du?«

»Halt dich einfach fest«, sagte er.

Er hielt an, als wir den Hafen erreicht hatten. Am Steg setzte er mich ab. Dann zeigte er auf ein kleines Fischerboot, das neben den U-Booten im Wasser trieb. Er stieg ein und streckte mir die Hand aus.

»Darf ich bitten?«

Ich betrachtete das kleine Boot und die glitschigen Netze, die in einer Ecke lagen.

»Wohin geht´s?«

»Wir werden innerhalb der Grenzen bleiben«, sagte er. »Ich verspreche es. Ich will dir nur zeigen, wie man fischt.«

»Meinen Eltern würde es nicht gefallen, wenn ich die Grenzen verlasse.«

»Ich verspreche, dass wir es nicht tun werden.«

Ich zögerte noch einen Augenblick, ergriff dann aber seine Hand und stieg ins Boot.

Er nahm die Ruder und wir begannen, uns vom Hafen zu entfernen.

Ich verstand nicht, warum er so versessen darauf war, mir zu zeigen, wie man fischte. Es hatte mich nie besonders interessiert. Aber da er weiter darauf bestand, wollte ich ihm den Gefallen tun. Ich tauchte meine Finger ins Wasser und spürte, wie es immer kälter wurde, je weiter wir aufs Meer hinausruderten.

»Wenn du möchtest, kannst du anfangen, die Netze zu entwirren.«

Froh, mich beschäftigen zu können, entwirrte ich die glitschigen Netze und warf das größte unter Micahs Anleitung so aus, dass wir es hinter dem Boot herzogen.

Ich beugte mich über den Seitenrand des Boots und wusch mir die Hände. Als ich fertig war, blickte ich auf und entdeckte erschrocken, wie nah wir schon der Grenze waren. Micah machte keine Anstalten, unsere Geschwindigkeit zu drosseln.

»Micah? Was machst du?«

Seine Augen waren starr nach vorn gerichtet und seine Armmuskeln zeichneten sich ab, als er noch schneller ruderte.

»Vertrau mir einfach«, sagte er.

»Aber die Grenze-«

Und dann war es zu spät. Wir befanden uns im strahlenden Sonnenschein. Jenseits des Schutzzaubers der Insel.

Ich starrte Micah wütend an.

»Du hast versprochen, dass wir die Grenzen nicht überschreiten würden.« Mein Schreck wandelte sich in Verwirrung und dann in Ärger. »Warum hast du mich belogen?«

Ich griff nach einem der Ruder. Micahs rechtes Bein schoss hervor und trat mich gegen das Schienbein. Ich hörte ein Knacken und ein übler Schmerz jagte mir durch das Bein. Ich fiel stöhnend zu Boden und zog mein Knie an die Brust.

Was ist hier los? Warum hat Micah das getan?

Mir blieb keine Zeit, um mich von meinem Schmerz zu erholen. Obwohl ich immer noch verwirrt war, musste ich um Hilfe schreien, bevor es zu spät war.

»Nein! Hilfe!«, schrie ich, so laut ich konnte.

Micah stand auf und stopfte mir einen alten Lappen in den Mund. Ich würgte, als mir der Geruch von vergammeltem Fisch in die Nase stieg. Ich bemühte mich,

mich nicht zu übergeben. Er fesselte mir die Hände und Füße mit Stricken.

Ich starrte ihn wutentbrannt an und versuchte, sein Gesicht deuten zu können, während er sich über mich beugte. Aber seine Augen waren ausdruckslos. Leer.

Und dann geschah es. Sein Haar wurde kürzer und lockte sich an den Enden. Seine blonde Farbe verschwand und wurde dunkler. Seine warmen haselnussbraunen Augen waren mit einem Mal pechschwarz. Er wurde größer und seine Schultern waren nun breiter. Selbst seine Kleidung verwandelte sich in einen schwarzen Mantel und schwere Lederstiefel.

Der Mann, der nun vor mir stand, ähnelte Micah überhaupt nicht mehr.

Ich kämpfte und versuchte so verzweifelt wie noch nie, zu schreien, aber es war sinnlos. Der Fremde legte einen Finger auf seine Lippen und berührte meine Stirn.

»Sch, Prinzessin«, sagte er in einer Stimme, die viel tiefer klang als Micahs. »Schlaf.«

Caleb

Wir saßen am Rand des schönsten Schiffs meines Vaters und tauchten unsere Füße ins Wasser. Wir sahen zu, wie die Sonne am Horizont versank. Annora legte ihren Kopf an meine Schulter, während ich meinen Arm um ihre Taille geschlungen hatte. Der warme Sommerwind fuhr durch ihr schwarzes Haar und ließ es in der Luft tanzen. Ich sah auf ihre zarten Finger hinab. Der Edelstein ihres Verlobungsrings funkelte in der Dämmerung.

Ich hielt den Atem an und war gespannt auf den Blick in ihren schönen Augen, sobald ich ihr meine Neuigkeiten erzählen würde.

»Mein Vater leiht uns dieses Schiff.«

Sie hob den Kopf und sah mich überrascht an.

»Wirklich?«

Ich nickte und lächelte, als ich sie auf die Stirn küsste.

»Für wie lange?«

»Zwei Wochen. Jetzt müssen wir nur noch entscheiden, wo du hinfahren möchtest.«

Sie biss sich auf die Unterlippe und blickte wieder zum Sonnenuntergang.

»Mmm. Lass uns weit, weit fortfahren… nach Asien?«

Ich lachte. »Das könnten wir machen. Aber wir wären dafür sehr lange unterwegs. Ich bin nicht sicher, ob mein Vater mich so lange gehen lässt.«

Sie seufzte und überlegte erneut. »Wohin möchtest du mit mir fahren?«

»Wir könnten in Europa bleiben und eine Rundreise machen. Wir fangen in Frankreich an, reisen dann runter nach Italien, vielleicht fahren wir über das Ionische Meer…«

»Nur wir zwei?«

»Nur wir zwei.«

»In Ordnung, mein Liebster. So machen wir es«, säuselte sie. *»Und danach?«*

»Was meinst du?«

»Was machen wir danach?« Sie legte ihren Kopf in meinen Schoß, streckte ihre Hand aus und begann, mit ihren Fingern in meinen Haaren zu spielen.

»Ich weiß nicht«, sagte ich und streichelte ihre Stirn.

»Komm schon, Caleb«, sagte sie. »Erzähl mir eine

Geschichte.«

»Eine Geschichte, hm? Nach der Reise fängt unser Leben richtig an. Wir suchen uns ein Haus an der Küste, weg vom Lärm der Stadt und ziehen zusammen. Ich werde mich um den Hafen kümmern, wenn mein Vater in Rente geht. Wir haben unser eigenes Schiff und wenn wir es uns leisten können, verreisen wir. Ich werde das Geschäft aufbauen und die Mitarbeiter so gut ausbilden, dass sie ohne mich klarkommen. Dann haben wir Zeit, um zusammen zu verreisen. Wir fahren nach Asien. Und nach Amerika. Und dann an den Nordpol. Und den Südpol. Und an alle Pole, die du kennenlernen willst…« Ich hielt inne und sah, wie sie gespannt auf den nächsten Teil wartete.

»Und?«

»Und wenn es uns langweilig wird, die Welt zu umfahren, dann ziehen wir uns in unser ruhiges Haus an der Küste zurück und gründen eine Familie.«

»Wie viele Kinder werden wir haben?«

»Acht. Vier Mädchen und vier Jungen.«

»Wie werden sie heißen?«

Ich hielt erneut inne und überlegte. Annora wollte es immer ganz genau wissen. »Unser erstes Kind wird ein Junge. Er wird Hector heißen. Dann kommt Jennifer. Dann Jason. William. Laina, Laurence, April. Und zum Schluss die kleine Isobel.«

»Und werden wir mit ihnen um die Welt reisen, wenn sie alt genug sind?«

»Wenn sie das wollen… Ende.«

»Aber was passiert danach? Du kannst doch die Geschichte nicht einfach so enden lassen«, sagte sie. »Nicht, bevor du am Happy End angekommen bist.«

»Na gut«, sagte ich und verdrehte die Augen. »Wir leben glücklich für den Rest unseres Lebens. Wir sterben alt und runzelig in unserem Bett, während wir uns an den Händen halten. Wir werden im selben Grab beerdigt. Und die Würmer werden uns auffressen und unsere Knochen bleiben für immer in der Erde… Ist das ausführlich genug?«

Sie kicherte. »Und wenn es ein Leben nach dem Tod gibt?«

»Dann hätten wir in der Tat eine unendliche Geschichte.«

Sie setzte sich auf und kniete sich vor mich. Ihr Gesicht war jetzt genau vor mir. Ich hätte mich für immer in ihren funkelnden grau-blauen Augen verlieren können. Sie schlang ihre Arme um meine Schultern und kuschelte sich an mich. Dann trafen ihre süßen Lippen in einem keuschen Kuss auf meinen Mund. Sie schenkte mir einen winzigen Augenblick, um ihren Geschmack zu kosten, bevor sie sich mir entzog. Dann setzte sie sich wieder neben mich und räusperte sich. Sie schaute sich um, als ob sie fürchtete, dass uns jemand beobachtet hätte.

Ihr Kuss hatte ein Feuer in mir entzündet, das nur sie löschen konnte. Es war mir egal, ob uns jemand sah. Alle in der Stadt wussten, dass wir bald verheiratet sein würden. Ich umfasste ihre Taille und zog sie an mich. Ich legte meine

Hände um ihr Gesicht und strich mit meinen Daumen über ihre Lippen.

Sie schloss die Augen.

»Hab keine Angst«, flüsterte ich.

Meine Lippen umschlossen ihren Mund und zum ersten Mal kostete ich von ihr. Ihre Wangen waren warm und gerötet, als ich mich von ihr löste.

Ich fühlte mich wie der glücklichste Mann auf der ganzen Welt. Was immer vor uns liegen mochte, war ich mir sicher, dass wir glücklich sein würden. Wir würden unsere Geschichte schon schreiben. Bis zum Happy End.

»Vielleicht ist es das, was wir haben werden«, hauchte sie, als sich unsere Lippen erneut berührten. »Eine unendliche Geschichte.«

Ich wachte schweißgebadet auf. Ich sah mich im Zimmer um, während mir die Wirklichkeit langsam in den Kopf rieselte.

Nachdem ich den Menschen ausgesaugt und ein Glas Blut getrunken hatte, war ich in mein Zimmer zurückgegangen und eingeschlafen. Jetzt hoffte ich, dass ich bald wieder wegdämmern würde. Aber dann hörte ich es. Ein Geräusch, das ich schon unzählige Nächte gehört hatte. Aber heute Nacht klang es lauter in meinen Ohren.

Weinen. In irgendeinem dunklen Gang im Schloss. Im Esszimmer, vermutete ich. Das war Annoras Lieblingsplatz.

Ich legte mich wieder hin, schloss die Augen und

versuchte, das Geräusch zu verdrängen, wie ich es sonst auch tat. Aber es gelang mir nicht. Jeder Atemzug, jedes erstickte Schluchzen, jedes klagende Stöhnen hallte in meinem Kopf wider.

Brummend stieg ich aus dem Bett und ging im Zimmer auf und ab.

Ich konnte mich nicht mehr daran erinnern, wann ich das letzte Mal zu ihr gegangen war, als sie einen ihrer Traueranfälle bekommen hatte. Es war schon so lange her, dass sie sich sicher selbst nicht einmal daran erinnern konnte.

Ich warf mir einen Umhang um, verließ meine Wohnung und stieg die Treppen hinunter, bis ich im Erdgeschoss angekommen war. Ich hatte richtig vermutet. Annora war ein Wesen der Gewohnheiten und diese Nacht war keine Ausnahme.

Ich stand schweigend im Türrahmen des Esszimmers und sah, wie sie in den Wind heulte und ihr ganzer Körper schluchzend bebte.

Ihr Anblick tat mir weh.

Ach Annora, was hat dich bloß dazu gebracht, Schmerz der Liebe vorzuziehen?

An Abenden wie diesem, wenn ihre Menschlichkeit aufblitzte, wollte ich ihr so gern diese Frage stellen. Obwohl ich die Antwort schon kannte, sehnte ich mich danach, sie immer wieder zu fragen, in der Hoffnung, dass sie dieses

Mal vielleicht etwas anderes erwidern könnte.

Ich schlich ins Zimmer. Sie bemerkte mich erst, als ich meine Hand ausstreckte und ihre Schulter berührte.

Sie zuckte zurück, ihr Atem stockte und ihr Schluchzen verstummte.

»Annora«, flüsterte ich. Dieser Name. Früher Honig auf meinen Lippen. Jetzt Gift in meinem Herzen. Sie zuckte, als ich ihre Hände nahm.

»Warum weinst du?«

Sie entzog mir ihre Hände und sah wieder zum Fenster hinaus. Ich packte ihren Arm und zwang sie, mich anzusehen.

»Lass mich allein«, sagte sie mit heiserer Stimme.

Ich wusste, dass sie einfach hätte verschwinden können, wenn meine Gegenwart sie störte. Dass sie nicht verschwand, bedeutete, dass sie nicht wollte, dass ich ging.

Ich stellte mich neben sie ans Fenster und legte meinen Arm um ihre Taille. Neue Tränen liefen ihr übers Gesicht.

»Warum wolltest du meine Frage gestern Nacht nicht beantworten?«, fragte ich. »Wenn du mir hilfst, ein Medium zu werden, wird uns das einander näherbringen. Ich werde dich besser verstehen können.«

Sie schloss die Augen. Ihre Lippen bebten.

»Ich will nicht, dass du wie ich wirst.«

»Wie bist du denn?«

Sie lächelte verbittert. »Du weißt, wie ich bin.«

»Aber ich habe es noch nie von dir gehört. Wie bist du?«

»Ich leide.«

Sie ging rückwärts, bis sie an der gegenüberliegenden Wand des Zimmers angekommen war. Sie lehnte ihren Kopf an die kalten Steine und biss sich auf die Lippe, bis Blut floss.

Selbst wenn Annora morgen wieder in ihr taubes Ich zurückfiel, es war egal. Ich hatte gesehen, wonach ich gesucht hatte. Einen Hoffnungsschimmer, dass vielleicht irgendwo tief in ihrer schwarzen Seele noch die alte Annora überlebt hatte. Eingesperrt. Auf Rettung wartend. Aber am Leben.

»Caleb«, sagte sie krächzend. »Lass mich einfach allein. Bitte… geh wieder schlafen.«

Ich gab schließlich nach. Ich ließ sie allein und stieg zu meiner Wohnung hinauf. Aber in dieser Nacht schlief ich nicht mehr. Ein einziger Gedanke hielt mich wach:

Ich werde dich wiederfinden, Annora. Und irgendwie werden wir unsere Geschichte dort wieder aufnehmen, wo wir stehengeblieben sind.

Caleb

Ich erwachte voller neuer Energie. Ich würde es nicht zulassen, dass Annora mir weiter auswich. Ich würde die Informationen von ihr bekommen, die ich benötigte.

Also ging ich direkt in ihre Wohnung. Sie weigerte sich, mit mir zu reden und ich folgte ihr den Rest des Tages durch das ganze Schloss. Ich wurde richtig unangenehm. Schließlich tickte sie aus.

Ich unterbrach Annora in einem Gespräch mit Stellan, der an diesem Tag auf die Insel gekommen war, um mit ihr zu reden.

Ich ignorierte Stellan einfach, platzte in den Raum und ging auf Annora zu. Ich setzte mich ans Tischende und versperrte ihr die Sicht auf Stellan. Sie sah mich gereizt an und drückte meine Schulter nach hinten, um mich wegzuschieben. Aber ich rührte mich nicht. Sie hätte natürlich ganz einfach ihre Magie benutzen können, um mich loszuwerden, aber sie tat es nicht.

»Ich lasse euch beide allein, sobald du mir sagst, was ich wissen will.«

»Was? Ich habe dir doch schon den Namen gesagt. Hör auf, mich zu nerven, um Himmels Willen.«

Ich drehte mich um und sah Stellan an, der meinem Blick standhielt. Annora verstand den Wink und knurrte: »Verschwinde, Stellan. Ich werde mit dir reden, wenn ich mit Caleb fertig bin.«

Stellan stand langsam auf, warf mir einen letzten bösen Blick zu und verließ den Raum.

»Bring mich zu Lilith.«

»Ich habe dir bereits gesagt, Caleb-«

»Vielleicht entscheide ich mich ja, mich doch nicht verwandeln zu lassen«, sagte ich.

Sie schaute mich zweifelnd an. »Lilith ist keine Person, deren Zeit man verschwenden sollte. Wenn du gehst, dann wird sie im Gegenzug etwas dafür erwarten.«

Wieder brannte ich darauf, sie zu fragen, was genau Lilith eigentlich war, aber es war schon schwer genug, Annora davon zu überzeugen, mich zu ihr zu bringen, geschweige denn, mir noch mehr Fragen über sie zu beantworten.

»Ich werde schon mit Lilith fertig«, sagte ich. »Du brauchst auch nicht mit mir zu kommen. Ich werde mit ihr allein reden.« Ich drückte Annoras Arm. »Tu es und ich werde dich in Ruhe lassen, ich verspreche es.«

Annora seufzte und sank in ihrem Stuhl zusammen. Mit den Fingerspitzen massierte sie sich die Schläfen. Sie warf mir einen sehnsüchtigen Blick zu und ich hätte schwören können, dass sie besorgt war. »Nun gut. Ich bringe dich zu ihr.«

»Ich will jetzt sofort gehen.«

Sie verdrehte die Augen und verschränkte die Arme vor der Brust. »Ich muss zuerst mit Stellan reden. Dann entscheiden wir, wann wir aufbrechen.«

Ich schlug mit der Hand auf den Tisch, was sie auffahren ließ. »Wir brechen in dem Augenblick auf, in dem du dein Gespräch mit Stellan beendet hast. Verstanden?«

Sie funkelte mich zornig an, widersprach aber nicht.

Ich ging aus dem Zimmer und sah Stellan draußen ungeduldig warten. Er trat von einem Fuß auf den anderen. Er hatte ganz offensichtlich gelauscht. Er betrat das Zimmer. Ich hingegen ging wieder in meine Wohnung, um ein paar Sachen zusammenzupacken, die ich vielleicht gebrauchen könnte. Ich hatte keine Ahnung, was mich erwartete, also griff ich nach einem Holzpfahl und einem Messer und befestigte beides an meinem Gürtel.

Dann ging ich wieder nach unten und da ich keine

Stimmen hörte, ging ich davon aus, dass Stellan schon fort war. Ich stieß die Tür auf.

Annora hatte am Tisch auf mich gewartet und stand nun auf. Sie verzog das Gesicht, als ich meinen Umhang fester um mich zog.

Die Sorge war aus ihren Augen gewichen. Stattdessen blickte sie mich gleichgültig an – etwas, was mich gleichzeitig erleichterte und beunruhigte.

»Folge mir«, sagte sie.

Wir verließen den Raum, durchquerten die Eingangshalle und traten in einen Raum auf der gegenüberliegenden Seite.

Sie ging zielstrebig auf einen chinesischen Teppich zu, der in einer Ecke lag und zog ihn zur Seite, um eine Falltür zu offenbaren. Sie knarrte, als Annora sie anhob und wir stiegen in die Tiefen eines Kerkers hinab. Ich war nicht oft in diesem Raum gewesen, seit wir auf dieser Insel lebten, weil ich nur selten ins Reich der Übernatürlichen reiste. Zum einen hatte ich keine Erlaubnis hierzu. Keiner von uns Vampiren hatte sie. Annora musste es erst genehmigen, wenn wir aus irgendeinem Grund zurückkehren wollten. Aber jetzt sah ich, dass der Ort unverändert war. Ich beugte mich über den Abgrund des angsteinflößenden Kraters, während Annora die Falltür zuzog.

Ich blickte sie an und nickte. Ich tauchte in das Loch hinein und spürte, wie sie mir kurz darauf folgte.

Wir landeten beide auf dem Steinboden. Ein weiterer Kerker. Wir standen auf und gingen auf den Ausgang zu, der zu einer Treppe führte. Wir stiegen hinauf und gelangten in eine Küche, die voller scharfer Werkzeuge und schwarzer Kessel war.

In einer Ecke erspähte ich eine alte Hexe, die eine rote Flüssigkeit umrührte. Blut, dem Geruch nach zu urteilen Menschenblut. Sie begann etwas in Stücke zu hacken, was nach einem menschlichen Rumpf aussah.

»Annora?« Sie drehte sich um und blickte uns mit hochgezogenen Augenbrauen überrascht an. Sie legte das Messer beiseite und strich sich eine graue Haarsträhne hinters Ohr.

»Isolde, es tut mir leid, dass ich so unerwartet hier auftauche. Aber ich muss Lilith sprechen.«

Isoldes Augen weiteten sich noch mehr, als sie von Annora zu mir blickte. »Weshalb?«

Annora schaute zu mir. »Caleb möchte einer von uns werden.«

Isolde schaute sie ungläubig an und lachte. »Er will ein Medium werden?«

»Ja«, unterbrach ich die beiden.

»Nein«, sagte Annora schnell. »Dafür ist er noch nicht bereit. Er möchte nur ein Zauberer werden, für den Anfang zumindest.«

Sie sprachen über mich, als ob ich gar nicht anwesend

wäre. Aber es war mir egal, solange Annora Isolde davon überzeugen konnte, uns zu Lilith zu lassen, wo auch immer in diesem übernatürlichen Königreich sie sich aufhielt.

»Verschwendet ja nicht Liliths Zeit«, sagte Isolde ernst und schaute mich dabei an. »Ihre Kraft ist begrenzt, vor allem in dieser Zeit.«

Annora packte meinen Arm, bevor Isolde noch etwas sagen konnte, und führte mich aus der düsteren Küche. Wir gingen durch eine Eingangshalle, die der in meinem eigenen Schloss sehr ähnelte, und traten durch eine große Eichentür nach draußen. Wir stiegen Treppen hinab und blickten auf den endlosen Ozean. Die Wellen schlugen gefährlich nah am Schloss auf.

»Lilith lebt also nicht auf dieser Insel?«, fragte ich.

»Nein. Sie lebt ein paar hundert Meilen entfernt. Es gibt ein Tor von ihrer Insel in das Königreich der Menschen, durch das wir auch hätten reisen können. Aber ich wollte zunächst Isolde warnen. Und jetzt, keine Fragen mehr. Folge mir einfach.«

Ich folgte Annora bis an den Rand der Felsen, als sie sagte: »Schließ deine Augen.«

Ich gehorchte und wir verschwanden. Wir rauschten in Lichtgeschwindigkeit durch die Luft. Wenige Augenblicke später setzten unsere Füße wieder auf festem Boden auf.

Ich öffnete die Augen und stand auf einem großen schwarzen Felsen. Über uns lag der Eingang zu einer

Höhle. Ich sah mich auf dem steinigen Strand, auf dem wir aufgetaucht waren, in beide Richtungen um. Außer einer Gruppe von Geiern, die über uns kreisten, entdeckte ich keine weiteren Anzeichen auf Leben um uns herum. Ich blickte zu Annora hinunter, die auf die Höhle schaute.

»Hier ist es also? Hier lebt Lilith?«

»Folge mir einfach«, sagte Annora durch zusammengebissene Zähne. Als wir auf den Eingang zugingen, spürte ich, wie mir das Atmen mit jedem Schritt schwerer fiel.

Ich hatte mir eine bequemere Unterkunft für so eine bekannte Hexe vorgestellt. Zumindest ein Schloss. Es fiel mir schwer, zu glauben, dass sie in dieser feuchten Höhle hauste.

Annora führte mich hinein, tiefer und tiefer, bis wir vor einer Tür Halt machten. Sobald sie ihre Finger auf die Klinke gelegt hatte, drückte sich diese nach unten und die Tür schwang auf. Die nächste Höhle wurde im Gegensatz zu der pechschwarzen Höhle, aus der wir kamen, von Laternen beleuchtet, die an der Decke hingen.

Wir gingen mehrere Minuten lang, ohne etwas anderes als das Echo unserer Schritte zu hören. Am Ende des kurvigen Tunnels standen wir vor einer weiteren Eichentür. Annora streckte wieder die Hand aus, die inzwischen zitterte. Ich legte meine Hand auf ihre Schulter und drehte ihr Gesicht zu mir. Sie war blass und Schweiß perlte auf ihrer Stirn. Ihre Lippen kräuselten sich.

»Lass mich einfach rein, und dann kannst du hier auf mich warten«, sagte ich.

Sie schüttelte den Kopf. »Ich komme mit dir«, sagte sie heiser.

Obwohl ich nicht wollte, dass sie dabei war, wenn ich mit Lilith sprach, war dies nicht der richtige Zeitpunkt, um mit ihr zu diskutieren. Sobald ich Lilith von Angesicht zu Angesicht gegenüberstand, konnte ich Annora besser bitten, uns allein zu lassen.

Sie öffnete die Tür und als ich in eine eigenartige runde Kammer trat, wurde ich unmittelbar von einem fürchterlichen Gestank überwältigt. Es stank nach Tod und Verwesung, nach vergammeltem Fleisch. Der Gestank wurde noch dadurch verstärkt, dass der Raum luftdicht abgeschlossen war.

Der staubige Boden führte leicht abwärts, hin zu einem seltsamen dunklen Teich in der Mitte der Halle. Ich blickte mich um, entdeckte aber zu meiner Enttäuschung niemanden.

»Wo ist sie?«, fragte ich.

»Sch«, zischte Annora.

Sie packte meinen Arm und führte mich zu dem Teich. Je näher ich kam, desto unerträglicher wurde der Geruch.

Annora schien davon unbeeindruckt zu sein. Sie eilte vorwärts, bis wir am Rand des flüssigen Abgrunds standen.

»Ich bin es«, sagte sie mit bebender Stimme. »Annora.«

Ich trat einen Schritt zurück, als sich auf der dunklen Flüssigkeit kleine Wellen abzeichneten. Kurz darauf tauchte ein Körper auf, der reglos im Wasser trieb. Die Leiche einer Frau. Doch plötzlich setzte sich der Kadaver auf. Die schwarzen Augen öffneten sich und funkelten, als sich das dämmrige Licht der Kammer in ihnen spiegelte. Ihre Haut war dünn und verrottet. Auf ihrer Stirn hatte sie sich bereits abgelöst und ließ ihren Schädelknochen durchscheinen. Ein Haarbüschel hing von ihrer Kopfhaut, die sonst kahl und verschrumpelt war.

»Was ist das?«, hauchte ich.

»Lilith«, flüsterte Annora. »Die letzte Alte unter uns.«

Caleb

Kalte Schauer liefen meinen Rücken hinunter, als ich das gespenstische Wesen anschaute.

Ihre verkümmerten Lippen öffneten sich und eine alte Sprache erklang.

»Warum bist du hier?«, krächzte sie und ihre heisere Stimme kratzte in meinen Ohren.

Ich hatte lang genug mit Annora zusammengelebt, um die Sprache der Hexen zu verstehen, obwohl ich selbst mich nicht sehr gut in ihr ausdrücken konnte. Ich war mir nicht sicher, ob sie mich verstehen würde, aber ich musste es versuchen.

Ich war immer noch erstaunt. Ich hatte geglaubt, dass alle Alten diese Welt bereits vor Jahrhunderten verlassen hatten. Ich konnte nicht fassen, dass eine von ihnen so lange überlebt hatte.

Vor allem aber spürte ich bei ihrem Anblick, wie sich mein Magen verkrampfte. Ich war in der Hoffnung zu ihr gekommen, eine Antwort auf Annoras Leiden zu finden, eine Heilung, eine Erlösung. Aber wenn ich mir diese albtraumhafte Gestalt anschaute, konnte ich mir nicht vorstellen, dass ich mir von ihr etwas anderes als noch mehr Dunkelheit in meinem ohnehin schon pechschwarzen Leben erhoffen konnte.

Annora trat vor mich und verbeugte sich.

»Euer Gnaden, ich bin mit diesem Vampir hierhergekommen, weil er zu einem von uns werden will.« Sie sah verstört aus, als sie es aussprach, aber es blieb ihr keine andere Wahl, wenn sie wollte, dass ich sie in Ruhe ließ. Annora wusste schließlich, wie stur ich sein konnte.

Liliths schwarze Augen ruhten auf mir und sie schnalzte mit der Zunge, während sie mich von oben bis unten musterte. Plötzlich würgte sie. Eine schwarze Flüssigkeit tropfte aus ihrem Mund in die Kloake. Dann sah sie wieder zu mir auf und strich sich mit dem Rücken ihrer knöchernen Hand über den Mund.

»Er ist noch nicht bereit«, sagte sie und blickte wieder zu Annora.

Annora und ich sahen uns an. In ihren Augen entdeckte ich Erleichterung.

Es war Zeit, dass ich die Dinge in die Hand nahm.

»Geh, Annora«, sagte ich. »Ich möchte allein mit Lilith sprechen.«

Annora sah mich wütend an. »Nur, wenn Lilith das wünscht. Sie möchte ihre kostbare Zeit vielleicht nicht mit dir vergeuden.«

Ich brummte und blickte wieder zu der ekelerregenden Kreatur. In der besten Hexensprache, die ich zustande brachte, sah ich ihr direkt in die Augen und sagte: »Ich möchte allein mit dir sprechen, wenn du gestattest. In mir steckt mehr, als du vielleicht glaubst.«

Lilith gurgelte. Ich wusste nicht, ob sie prustete oder lachte. Wie auch immer, sie schüttelte den Kopf. Kein gutes Zeichen.

»Bitte«, sagte ich.

Annora griff nach meinem Arm. »Sie möchte nicht mit dir sprechen, Caleb.« Sie zerrte an mir und zog mich zur Tür.

Ich riss mich von Annora los und blickte Lilith finster an. Ich verstand selbst nicht, was plötzlich in mich fuhr – ich musste verzweifelt gewesen sein – aber mit einem Satz sprang ich zu dieser ekelhaften Kreatur ins Wasser.

Ich hatte geglaubt, dass der Teich flach war, aber ich tauchte tief ein, wobei das Gewicht meines Körpers mich nach unten zog. Ich musste all meine Kraft aufbringen, um nicht ganz unterzugehen. Es gelang mir, den Kopf über

Wasser zu halten. Die Flüssigkeit war so dick, dass sie sich wie Treibsand anfühlte und ich ankämpfen musste, um mich oben zu halten. Zum Glück hatte ich Vampirkräfte. Ein normaler Mensch wäre direkt untergetaucht und käme wohl nie wieder nach oben.

Es schien mir, ein rotes Funkeln in Liliths Augen entdeckt zu haben und ihr Gesicht war jetzt so verzerrt, dass ich eindeutig erkannte, dass sie wütend war.

Annora schnappte nach Luft und rannte an den Rand des Tümpels.

»Caleb!«, rief sie. »Komm raus.«

Ich ignorierte Annoras Flehen und watete auf die Hexe zu. Einen Meter vor ihr machte ich Halt und blickte ihr unverwandt in die Augen.

Es war so schwer gewesen, bis hierher zu kommen. Ich würde mich von diesem alten Gerippe nicht so leicht abwimmeln lassen. Meine Verzweiflung rührte vor allem daher, dass ich ohne Antworten von Lilith einfach nicht mehr weiterwusste.

Verdammt nochmal, ich würde nicht gehen, bevor ich nicht alles versucht hatte.

»Annora und ich sind jahrelang deine treuen Diener gewesen«, sagte ich sanft. Ich stockte in meiner gebrochenen Hexensprache, holperte dann aber weiter. »Ich bin hergekommen, um einfach nur ein paar Minuten mit dir zu sprechen. Ist das zu viel verlangt?«

Die Alte atmete tief ein und starrte mich an. Dann warf sie sich ohne Vorwarnung auf mich, packte meinen Kopf und schloss ihre abartig langen Finger um meinen Schädel. Ich hielt still und machte mich auf Schmerzen gefasst. Aber nichts geschah. Ich wusste nicht, was sie tat, was sie ertastete, aber nach einigen Augenblicken ließ sie mich gehen, wobei sie vermutlich einen schmutzigen Abdruck auf meinem Schädel und in meinem Gesicht hinterließ. Aber Schmutz war nun wirklich mein letztes Problem.

»Was willst du?« Ihre Stimme quietschte wie eine rostige Türangel.

»Zuerst«, sagte ich, »möchte ich mit dir unter vier Augen sprechen. Ich möchte, dass du Annora befiehlst, den Raum zu verlassen, während wir sprechen, und nicht wiederzukommen, bis du es ihr erlaubst.«

»Warum willst du allein mit ihr sprechen?«, fauchte Annora hinter mir.

Ich ignorierte sie und hielt meinen Blick auf die Alte gerichtet.

Der Gestank begann, mir Kopfschmerzen zu bereiten. Ich musste gegen die Übelkeit ankämpfen.

Sie wusste jetzt, was ich wollte, und würde mir entweder nachgeben oder uns beide aus der Halle verweisen.

Ich atmete langsam aus, als sie ihren Blick von mir löste und sich an Annora wandte.

»Geh«, raunte sie.

Ich brauchte mich nicht umzudrehen, um mir Annoras Reaktion vorzustellen. Ich wusste, dass sie vor Zorn schäumte. Ich blickte weiter auf Lilith, während sich Annoras Schritte entfernten und sich die Tür hinter mir schließlich schloss.

Ich watete etwas nach hinten, um mich von der Hexe zu entfernen und hielt mich am Rand des Teichs fest. Ich zog mich hinaus und lehnte mich gegen die Wand. Auch die Alte watete an den Rand des Teichs und stemmte sich nach oben. Ich stutzte, als ihr hinfälliger Körper aus der Flüssigkeit auftauchte. Sie klappte zusammen und richtete sich dann auf.

Als sie stand, sah ich, dass sie fast doppelt so groß war wie ich. Ihre Beine waren dürre Stangen und so klapprig, dass ich mich fragte, wie sie überhaupt ihr eigenes Gewicht tragen konnten.

Auch ich stand auf, weil ich nicht sitzen bleiben wollte, wenn sie stand. Sie ging um den Teich herum und lief auf eine Treppe in einer Ecke der Höhle zu. Sie bedeutete mir mit einem Wink, ihr zu folgen. Ich gehorchte, ließ aber ein paar Meter Abstand zwischen uns.

Was ist sie? Lebt sie überhaupt? Oder ist sie ein Geist, der einen Körper bewohnt?

Zu meiner Überraschung kamen wir auf einem Treppenabsatz an, auf dem ein Tisch und vier Stühle standen.

Sie brummte und zeigte auf einen der Stühle. Ihre langen Beine knickten ein, als sie sich auf den gegenüberstehenden Stuhl setzte.

Ich räusperte mich. »Erinnerst du dich daran, was du mit Annora gemacht hast?«

Ich bezweifelte, dass ich alles sagen konnte, was ich wollte, da Lilith eine Art veralteten Dialekt ihrer Sprache sprach, aber mir blieb keine andere Wahl, als weiter zu haspeln.

»Annora«, murmelte Lilith.

»Sie ist zu dir gekommen. Sie hat ihre Gestalt als Vampirin aufgegeben und ist zu einer Hexe geworden. Sie wollte ein Medium werden.«

Ihre Lippe zuckte und sie schüttelte den Kopf. »Sie war nicht stark genug, um ein Medium zu werden.«

Ich starrte die Hexe an. »Soll das heißen, dass Annora kein Medium ist? Wieso hat sie dann solche Mächte?«

»Ich habe sie zu einer Hexe gemacht, aber nicht zu einem Medium. Ihr Geist war zu schwach. Sie hat aufgegeben, bevor sie auf der anderen Seite angekommen ist.«

»Warum war sie nicht stark genug? Mona war es doch auch.«

Liliths Augen verengten sich, als ich Mona erwähnte.

»Mona«, krächzte sie. »Dieses verräterische Miststück.«

»Aber Mona war trotzdem stark genug, um ein Medium zu werden, ohne sich dabei selbst zu verlieren. Warum hat

Mona es überlebt und Annora nicht?«

Lilith stand auf, wobei ihre Knochen knackten, und begann, vor mir auf und ab zu gehen. »Annora war allein. Es war niemand bei ihr. Sie hatte keinen Begleiter. Mona hatte jemanden.«

»Was meinst du mit Begleiter?«

»Ich meine, was ich sage, Vampir. Einen Begleiter. Jemanden, der ihr nahestand. Einen Verwandten. Oder einen Geliebten, wie bei Mona.«

Ich sprang auf. Wut kochte in mir hoch. »Und warum wurde es Annora nicht erlaubt, einen Begleiter zu ihrer Verwandlung mitzubringen? Sie hätte doch-«

»Sie wollte niemanden dabei haben«, fauchte Lilith. »Sie wusste, dass sie jemanden mitbringen sollte, aber sie weigerte sich. Sie sagte, dass sie niemand hat.«

Der Schlag traf mich tief. Wie konnte Annora nur sagen, dass sie niemanden hatte? Ich hatte ihr tausend Mal gesagt, dass ihr mein Herz gehörte, dass jeder Teil von mir ihrer war und dass ich immer für sie da sein würde.

Ich schluckte meinen Schmerz hinunter und rang um Fassung. Ich versuchte, meine Gedanken wieder zu ordnen.

»Wenn Annora jemanden mitgebracht hätte, dann hätte sie nicht den Verstand verloren?«

Die Hexe presste ihre verschrumpelten Lippen zu einem dünnen Strich.

»Was ist denn überhaupt verkehrt mit Annora? Ich habe

nichts an ihr auszusetzen.«

Ich wusste nicht, wie ich jemanden erklären sollte, was mit meiner Verlobten los war, der in seinen eigenen Körpersäften vergammelte. Ich starrte Lilith einfach an. »Annora kann außer Schmerz nichts anderes mehr fühlen. Sie war meine Verlobte. Sie war in mich verliebt. Sie hat einen Teil von sich verloren, als sie sich in eine Vampirin verwandelt hat, aber nachdem sie von dir zurückgekehrt war, war sie nicht mehr wiederzuerkennen. Du hast sie zerstört.«

»Es war ihre Entscheidung«, zischte Lilith. »Niemand hat sie gezwungen, eine Hexe zu werden. Sie kannte die Risiken. Sie hat es trotzdem getan.«

Ihre Worte fuhren mir wie ein Dolch ins Herz. Ich ballte die Fäuste und ging auf dieses albtraumartige Wesen zu.

»Was auch immer in der Vergangenheit passiert ist... Deshalb bin ich nicht hier. Ich bin gekommen, um dich zu fragen, ob das, was ihr widerfahren ist, rückgängig gemacht werden kann. Ich will, dass du den Zauber aufhebst. Verwandle sie in eine Vampirin zurück, wenn das nötig ist.«

»Und warum sollte ich das tun? Annora ist für uns am wertvollsten, wie sie jetzt ist.«

»Dann lass sie eine Hexe bleiben, aber gib ihr ihr Herz zurück. Was, wenn du den Zauber wiederholst – versuch erneut, sie in ein Medium zu verwandeln – aber dieses Mal in meiner Gegenwart?«

Lilith hielt inne und sah mich böse an. »Wie meine Haut ist auch meine Geduld brüchig. Ich habe dir dieses Gespräch nur gewährt, weil Annora und du uns bislang treu ergeben wart. Aber vergiss nicht, dass ich dir nichts schuldig bin. Annora hat bekommen, was sie wollte, genau wie du. Vergiss nicht, wovor wir euch gerettet haben. Ihr würdet ohne uns immer noch in Cruor vergammeln.«

Darauf konnte ich nicht viel erwidern, obwohl ich das Gefühl hatte, dass unsere Rettung eher ein Sprung vom Regen in die Traufe gewesen war. Was die Hexen mit uns gemacht hatten, konnte man wohl kaum als Rettung bezeichnen. Sie hatten uns gefangen genommen und unsere Verwundbarkeit und Ausweglosigkeit ausgenutzt.

»Du hast Recht. Ich kann dich zu nichts zwingen und du bist mir auch nichts schuldig«, sagte ich. »Aber angesichts unseres langjährigen Dienstes kann ich dich um etwas bitten. Ich werde es nie wieder tun. Stell dir nur vor, wie viel nützlicher euch Annora sein wird, wenn sie erst ein Medium ist. Und auch ich werde motiviert sein, wenn wir-
«

Lilith schnalzte mit der Zunge und ließ ihre Fingerknöchel ungeduldig knacken. »Warum denkst du, dass du deine Frau retten kannst, wenn wir den Fluch wiederholen?«

»Ich bin mir nicht sicher, dass es funktioniert. Aber ich

will es versuchen.«

»Es gibt keine Garantie«, sagte Lilith. »Es hängt alles davon ab, wie stark ihr Geist ist und wie tief eure Verbindung ist. Dass sie dir vertraut, ist wichtig, damit sie ihr geistiges Gleichgewicht wiedererlangt. Dass du bei ihr bist, erinnert sie daran, wer sie ist... Vielleicht willst du es versuchen, aber wie sieht es mit Annora aus? Ist sie auch dazu bereit? Ich habe keine Lust, meine Zeit zu vergeuden, während du versuchst, sie zu überzeugen.«

Was genau würdest du denn sonst mit deiner Zeit anfangen?, konnte ich mir nicht verkneifen, mich still zu fragen.

Die Alte war trotz ihres verrottenden Schädels nicht dumm. Die Spannung zwischen mir und Annora war ihr nicht entgangen und nun versuchte sie, damit meine Bitte abzuschlagen.

»Gib mir fünf Minuten«, sagte ich.

Als die Alte zögerte, griff ich nach ihrem knochigen Arm. »Nur fünf Minuten deiner Zeit im Tausch für all die Jahre unserer Dienste.«

Sie entzog mir ihre glitschige Hand und schüttelte mich ab.

»Na gut, Vampir«, brummte sie. »Aber nicht mehr als fünf Minuten.«

Ich rannte die Treppen hinab und aus der Kammer heraus. Annora wartete vor der Tür. Ich dachte, dass sie vielleicht gelauscht hatte, aber es war mir egal. Ich musste sie dazu bringen, meinem Vorschlag zuzustimmen.

»Annora, du hast versucht, ein Medium zu werden, und bist gescheitert«, sagte ich und packte ihre Schultern. »Die Alte ist bereit, dir eine zweite Chance zu geben. Dieses Mal werde ich dir beistehen.«

Annora kniff ihre Augen zusammen. »Was hat das mit unserer Reise hierher zu tun? Du hast gesagt, dass du selbst ein dunkler Zauberer werden willst…«

»Und das werde ich auch«, heuchelte ich. »Aber Lilith sagt, dass sie zuerst noch einmal versuchen will, dich in ein Medium zu verwandeln, wo du schon hier bist.«

»Nein«, sagte Annora und wich zurück. »Ich will das alles nicht noch einmal durchmachen.«

»Lilith möchte, dass du es tust«, log ich. »Überleg doch, das ist eine gute Sache. Du wirst stärker als je zuvor sein. Du musst diese Chance ergreifen, solange die Alte gewillt ist, sie dir zu geben. Ihre Laune kann sich jederzeit ändern. Jetzt oder nie. Komm schon.« Ich zog an ihr.

»Es geht mir gut, so wie ich bin.«

Ich stockte und starrte sie an.

»Hast du den Schmerz vergessen, den du jeden Abend fühlst?« Mein Gesicht war nur wenige Zentimeter von ihrem entfernt und ich drückte ihren Arm. »Willst du dich den Rest deines Lebens so fühlen? Erinnerst du dich denn gar nicht an das Leben, das wir zusammen hatten?«

Sie blickte zu Boden und weigerte sich, mir in die Augen zu sehen.

»Hör zu«, sagte ich. »Es ist mir inzwischen egal, ob du es für dich tust oder für mich. Ich bin es leid, mich mit dir rumzuschlagen. Verwandle dich in ein Medium und bereite dem Ganzen ein Ende. Tu es Lilith zuliebe oder für wen auch immer, aber tu es einfach.«

»Du wolltest gar nicht wegen dir selbst hierherkommen, oder?«, fragte Annora und biss sich auf die Lippe.

»Es macht keinen Unterschied mehr.« Ich nahm ihre Hand und zog sie in die Kammer zurück. Sie widersetzte sich nicht, obwohl sie es spielend hätte tun können. Ich zog sie hinunter zum Teich.

»Lilith«, rief ich.

Das unförmige Skelett kam langsam die Treppen zu uns hinunter.

»Wir sind bereit«, sagte ich, obwohl Annora alles andere als bereit aussah.

»Bist du bereit, Annora?«, fragte die Alte mit bohrendem Blick.

Annora atmete aus und blickte zur Decke. »Was für einen Unterschied macht es, wenn ich ein Medium werde. Ich bin doch auch so schon mächtig.«

»Du wirst Lilith und unserer Art mehr nutzen.«

Lilith begann, mit der Zunge zu schnalzen und setzte an, in ihren Tümpel zurück zu klettern.

»Nein, warte«, sagte ich. Ich schob Annora zur Alten.

Komm schon, Annora. Verpatz das jetzt nicht. Bitte…

Annora starrte mich noch einmal an, nickte dann aber. Sie wandte sich der Alten zu und sagte: »Na gut, ich versuche es. Aber nur, wenn Caleb geht.«

Ich schaute sie schockiert an. »Was redest du denn da? Du brauchst jemanden Vertrautes an deiner Seite. Sogar Lilith hat das gesagt.« Ich wandte mich zu Lilith und schaute sie verzweifelt an. »Nicht wahr?«

Lilith knurrte, nickte aber. »Sonst wird es einfach nur eine Wiederholung vom letzten Versuch. Es könnte sogar noch schlimmer werden.«

Lilith würgte einen Mundvoll schwarzen Schleim hoch und spuckte ihn über die Schulter in den Teich. »Beeil dich!«, krächzte sie.

Annora schluckte und nickte schließlich. »Na gut, mit Caleb also.«

Annora ließ sich auf den Boden sinken und setzte sich im Schneidersitz auf die staubige Erde. Ich setzte mich neben sie.

Dann schaute ich zu Lilith auf, die sich uns genähert hatte und sich über uns beugte.

»Lass uns anfangen.«

Caleb

Zuzusehen, wie Annora sich wand und schrie, war das Seltsamste, was ich je gesehen hatte. Ihre Augen verdrehten sich in den Höhlen. Es war, als ob sie hin und wieder das Bewusstsein erlangte und Kraft schöpfte, um zu schreien, bevor sie wieder ins Unbekannte abglitt.

Ich wusste nicht, was Lilith mit ihr tat oder warum sie solche Schmerzen hatte. Ich hätte sie gern gefragt, aber mir war keine Zeit geblieben. Lilith war kurz davor, in ihren schwarzen Teich abzutauchen, und ich wagte es nicht, sie weiter zu belästigen.

Wir saßen gefühlt stundenlang auf dem staubigen Boden. Während der ganzen Zeit wies mich Lilith an, meine Hände fest in Annoras Händen zu lassen, was immer schwieriger wurde, je mehr sie schwitzte. Ihre Hände waren rutschig geworden und ich musste sie eng umschlingen, während Annora sich auf dem Boden wälzte und versuchte, sich loszureißen.

Annora war so weit abgedriftet, dass ich nicht einmal sicher war, ob sie meine Anwesenheit spürte, oder ob es mit meinem einfachen Händedruck schon getan war. Aber mir blieb keine Wahl, als Lilith zu vertrauen.

Ich wollte sie fragen, wie lange es noch dauern würde, aber Lilith hatte ihre Augen so fest verschlossen, dass sie mir die Störung sicher übel nehmen würde. Ich wagte nicht zu sprechen, um den Prozess nicht zu unterbrechen. Ich hatte Angst, dass der Zauber wieder versagte und Annora vielleicht noch schlimmer aus ihm hervorginge.

Um ehrlich zu sein, war ich überrascht gewesen, dass Annora überhaupt zugestimmt hatte. Ich war davon ausgegangen, dass sie sich weigern und einfach verschwinden würde. Ein kleiner Teil in mir hoffte, dass sie das hier für mich tat. Dass sie vermisste, wie sie früher gewesen war, als sie mich noch geliebt hatte.

Es war natürlich unmöglich, das sicher zu wissen, und darüber zu spekulieren, war nichts als Zeitverschwendung, aber ich konnte mich mit nichts anderem ablenken. Sonst blieb mir nur übrig, mir

Sorgen darüber zu machen, dass die Dinge außer Kontrolle geraten könnten und ob Annora überhaupt wieder zu sich kommen würde, nach allem, was ihr Lilith gerade antat.

Ich wusste, dass ich mir nicht allzu große Hoffnungen machen durfte. Wenn sie wieder zu sich kam, wäre sie immer noch eine Hexe. Sie würde immer noch von der Dunkelheit betroffen sein, die sie heimgesucht hatte, als ich sie in eine Vampirin verwandelt hatte. Es war ja nicht so, dass wir die Geschichte ausradierten und den hellen Sonnenstrahl zurückbrachten, der Annora einst gewesen war. Aber ich hoffte doch zumindest, dass sie wieder so werden würde wie vor ihrem ersten Versuch, sich in ein Medium zu verwandeln – als ich noch Teile von ihr erkannt hatte, als sie noch nicht die leere Hülle gewesen war.

Die Zeit verging und ich sah keine Anzeichen dafür, dass Lilith Annora bald befreien würde. Zumindest war es jetzt einfacher, ihre Hände festzuhalten. Sie schien das Bewusstsein komplett verloren zu haben. Ihr Gesicht verzog sich zwar noch, als ob die Schmerzen sie weiterhin durchzuckten, aber sie war nun ruhiger und ihr Atem ging etwas gleichmäßiger.

Ich vermutete, dass wir uns dem Ende näherten, als ein Klicken durch die Halle dröhnte. Obwohl ich aufpasste, vor Schreck nicht Annoras Hände loszulassen, schoss mein Blick doch zum Eingang.

Die Tür stand weit offen. In ihr stand ein Mann mit pechschwarzen Augen und blasser Haut. Ein dunkler Reisemantel hing über seine Schulter geworfen.

Wütend starrte ich ihn an. Ich wollte ihn anschreien, hatte aber zu große Angst, Liliths Konzentration dadurch zu stören. Sie hatte noch nicht zu dem Eindringling aufgeschaut. Ihre Augen waren immer noch geschlossen und sie schien völlig darin versunken zu sein, was sie tat. Ich fragte mich, ob sie ihn überhaupt hatte eintreten hören.

Der Mann begann, die Steintreppen zu uns hinunterzusteigen, wobei seine schweren schwarzen Stiefelschritte in der Halle dröhnten.

Nein. Nicht jetzt. Hau ab, du Mistkerl. Wir standen so kurz vor dem Abschluss. Wir konnten es uns nicht erlauben, zu scheitern. *Ich will Annora zurück.*

Zu meinem Schreck machte er nur wenige Meter vor uns Halt und brach das Schweigen. »Lilith, Euer Gnaden. Es tut mir leid, dass ich stören muss.«

Lilith schüttelte den Kopf und ihre Augenlider öffneten sich flatternd. Sie blickte wütend auf, aber als sie das Gesicht des Eindringlings erkannte, wurde ihr Gesicht weicher.

Zu meinem Entsetzen ließ sie Annora los und stand auf. Sie eilte zu dem Mann hinüber, als ob Annora und ich gar nicht existieren würden.

»Was tust du?«, zischte ich und sprang auf. »Bist du fertig?«

Sie ignorierte mich und begann, mit dem Mann zu flüstern.

»Und?«, fragte sie ihn.

»Ich habe-«

Ich stürzte mich auf den Kerl, packte seinen Kragen und stieß ihn zurück. Ich stellte mich an seiner Stelle vor Lilith und blickte sie an. »Was passiert mit Annora? Sie ist immer noch bewusstlos? Hast du sie fertig-«

Zorn funkelte in den Augen der Alten auf und mit einer kurzen Beschwörung flog ich nach hinten und schlug mit dem Rücken gegen die Wand auf der anderen Seite der Halle.

»Sag es mir, Rhys«, sagte sie, schaute finster zu mir und konzentrierte sich dann wieder auf den Mann.

Er warf mir einen fiesen Blick zu und fuhr fort: »Ich war erfolgreich.«

»Ah, gut, gut. Wo ist der Fang?«

»Draußen. Ich muss erst mit dir reden. Allein.« Rhys starrte erneut auf mich.

Lilith verlor keine Zeit und befahl zischend: »Nimm dein Mädchen und verschwinde.«

Obwohl mir das Blut in den Adern rauschte, blieb mir keine andere Wahl, als zu gehorchen. Sie weiter zu verärgern konnte dazu führen, dass sie ihre Wut an Annora ausließ. Ich musste einfach hoffen, dass der Zauber gewirkt hatte. Mir blieb nur darauf zu warten, dass Annora erwachte.

Ich blickte beide finster an und verfluchte sie in meinen Gedanken. Dann rauschte ich an ihnen vorbei, hob Annora mit meinen Armen hoch und verließ den Raum, aber ich ließ es mir nicht nehmen, die Tür hinter mir zuzuschlagen.

Ich ging durch den dämmrigen Tunnel zurück. Obwohl wir nicht durch das Tor auf die Insel gelangt waren, hatte mir Annora verraten, dass es auf dieser Insel ein Tor gab. Das Problem bestand nur darin, dass ich keine Ahnung hatte, wo es sich befand. Ich musste entweder versuchen, Annora zu wecken oder warten, bis sie von allein aufwachte.

Ich zitterte immer noch vor Ärger und Frust, als ich plötzlich kurz vor dem Ausgang des Tunnels innehielt. Mir war ein Geruch in die Nase gestiegen. Ein vertrauter Geruch, süß und beunruhigend.

Ich legte Annora auf dem Boden ab und folgte dem Geruch. Er führte mich an das Ende des Ganges. Ich hielt vor einer Einbuchtung in der Höhlenwand, die gerade mal groß genug war, um einen dünnen Menschen zu fassen. Ein Mädchen. Ein Mädchen mit schwarzen Haaren und grünen Augen. Geknebelt und an Händen und Füßen gefesselt. Blut sickerte aus ihrem Knie.

Rose Novak.

CALEB

Ich hätte mich beinahe an meiner eigenen Zunge verschluckt.

Als Rose mich näherkommen sah, riss sie die Augen auf und wand sich, um sich hinzusetzen. Ich stand wie angewurzelt da. Mein Instinkt sagte mir, ihr zu helfen, aber meine Hände regten sich nicht. Es war, als ob die Zeit stehen geblieben war, während ich das Mädchen anschaute.

Eine Welle der Sehnsucht brach über mich herein. Eine Sehnsucht, die ich versucht hatte, zu begraben. Eine Sehnsucht, die ich versucht hatte, zu vergessen. Eine Sehnsucht, die nur Schmerzen und Probleme mit sich bringen würde.

Rose hustete, als sie versuchte, durch den Knebel mit mir

zu reden.

Meine Augen wanderten von Rose in ihrer verzweifelten Lage zu Annora, die immer noch bewusstlos auf dem Boden lag und dann wieder zurück zu Rose.

Ich wusste nicht, warum Rhys Rose hierhergebracht hatte, aber eines wusste ich: Wenn Rose die Kammer von Lilith betreten würde, wäre sie danach nicht mehr dieselbe. Was auch immer diese beiden Monster mit ihr vorhatten, sie würden ihr etwas nehmen, vielleicht sogar ihr Leben.

Rose, diese zarte Blume, die ich so sehr versucht hatte vor meiner dunklen Welt zu beschützen, war nun mitten in die Dunkelheit gerissen worden.

Mein Verstand schaltete sich aus und das Adrenalin übernahm die Kontrolle.

Obwohl ich einen Stich von Schuld fühlte, Annora in ihrem hilflosen Zustand am Boden zurückzulassen – ein Zustand, von dem ich nicht einmal sicher war, dass sie aus ihm erwachen würde - ging ich auf Rose zu und hob sie hoch.

Ich wusste nicht, was ich tun oder wohin ich mit ihr gehen sollte. Ich überlegte auch nicht, was wohl geschehen würde, wenn sie uns fangen sollten. Ich konnte keinen klaren Gedanken fassen, als ich aus der Höhle stürmte und über die Felsen zum Strand rannte. Alles andere trat in den Hintergrund vor meiner dringenden Sorge, Rose aus der Dunkelheit zu holen. Sie sollte die Albträume, die sich hier verbargen, nicht kennenlernen.

Ich wollte gar nicht daran denken, was ihr Rhys womöglich schon angetan hatte. Mein Magen verkrampfte sich, als ich auf ihr blutendes Knie blickte, unter dem ihr Unterschenkel taub baumelte.

Sie stöhnte, als ich in voller Geschwindigkeit vorwärts preschte, wobei ihr Bein heftig hin- und hergeworfen wurde. Sobald wir nicht mehr in Sichtweite der Höhle waren, wagte ich es, kurz anzuhalten.

Ich legte Rose auf den Boden und zog ihr den Knebel aus dem Mund.

Sie keuchte und hustete, wobei sie Blut und Dreck hochwürgte. Ihre Lippen waren ausgetrocknet, ihr Gesicht verschmiert von Blut und Schweiß und ihre Augen blickten mich ängstlich aufgerissen an.

Sie öffnete den Mund, um zu sprechen, aber dafür hatten wir keine Zeit.

Ich schüttelte sie. »Hör mir zu, Rose. Wie seid ihr hierhergelangt? Wie hat dich Rhys hierhergebracht?«

»Ich… Da war ein… Krater… weiter dort vorn. Am Strand. Bei der Statue.«

»Was für eine Statue?« Ich blickte mich nach beiden Seiten um und suchte den Strand ab.

Sie hob ihre Hand schwach und zeigte nach links. Ich blinzelte und entdeckte sie schließlich am anderen Ende des Strands. Eine große Statue erhob sich in den Himmel, mindestens fünfzehn Meter hoch.

Ich riss mir das Hemd vom Leib und wickelte ihr Bein ein, um ihm etwas Halt zu geben. Dann hob ich sie wieder hoch und fluchte innerlich, dass ich ihr Bein berührt hatte. Ich wischte mir die blutverschmierten Hände ab. Mehr konnte ich nicht tun, um ihr nicht jetzt und hier meine Fänge in den zarten Hals zu stoßen. Mir wurde schwindelig von ihrem Geruch, wie von einer Droge, die all meine Sinne betäubte.

Ich biss mir auf die Unterlippe und rannte los, wobei ich einen Blick über meine Schulter warf. Rhys war noch nirgendwo zu sehen. Entweder sprach er noch mit Lilith und hatte noch nicht bemerkt, dass ich Rose gestohlen hatte, oder er hatte es gerade erst entdeckt und verfolgte uns bereits.

In jedem Fall konnte ich nur eines tun. Rennen.

Ich kam der Statue näher, einer eigenartigen grauen Struktur, die wie ein nach oben zeigender Speer aussah, und umringte sie. Erleichtert atmete ich auf, als ich den Krater entdeckte, von dem Rose gesprochen hatte. *Das ist also ein weiteres der noch existierenden Tore der Hexen.*

Ich hatte nicht die leiseste Ahnung, was uns auf der anderen Seite erwarten würde. Aber mir blieb keine Zeit, darüber nachzudenken. Ich musste meinen Instinkten und dem Adrenalin vertrauen, denn sobald ich innehielt und nachdachte, würde mir klar werden, in was für einen absoluten Wahnsinn ich mich begeben hatte.

»Halt dich fest«, brummte ich, drückte Rose noch fester an meine Brust und sprang in den sternenvollen Abgrund.

Rose

Nachdem Rhys mich auf dem Boot bewusstlos gemacht hatte, war ich erst zu mir gekommen, als er bereits durch den Krater gesprungen war. Der freie Fall hatte mich aufgeweckt und kurz darauf landeten wir an einem schwarzen, steinigen Strand unter einer großen grauen Statue. Der Zauberer weigerte sich, meine Fragen zu beantworten, während er mich auf die Höhle zutrug, aber ich hatte schon einige Theorien entwickelt, obwohl mich mein schmerzendes Bein quälte.

Ich dachte an das erste Mal zurück, als ich »Micah« begegnet war. Er war im Ozean getrieben und hatte um Hilfe geschrien. Er hatte behauptet, dass er über die Grenze hinausgetrieben worden war und unsere Hilfe benötigte, um wieder zurückzukommen. So war der Zauberer überhaupt erst ins Schattenreich gelangt. Der wirkliche Micah musste beim Fischen aus Versehen die Grenze übertreten haben und vom Zauberer gefangen genommen worden sein.

Ich hatte mit eigenen Augen gesehen, wie Corrine es geschafft hatte, meine Mutter in meinen Vater zu verwandeln. Ich bezweifelte, dass es Rhys schwergefallen war, sich in einen Werwolf zu verwandeln. Ich erschauderte beim Gedanken daran, wo der wirkliche Micah jetzt sein mochte, wenn er denn noch am Leben war.

Ich erinnerte mich auch daran, wie bestrebt »Micah« gewesen war, an jenem Tag am Sonnenstrand zur Grenze zu schwimmen. Wenn Saira uns nicht eingeholt und ihn aufgehalten hätte, hätte er mich schon an diesem Tag entführt.

Und wenn ich daran dachte, dass ich auf sein Spiel hereingefallen war… Ich dachte an unser Gespräch im Bootshaus zurück. Rhys hatte sich wahrscheinlich alles nur ausgedacht, was er mir über Micahs tragische Vergangenheit erzählt hatte. Alles war darauf ausgelegt gewesen, mein Mitleid zu erregen und mich ihm näher zu bringen. Die Lebensgeschichte des wirklichen Micah sah vermutlich ganz anders aus.

Obwohl es mir gelang, einige der Puzzlestücke zusammenzufügen, schwirrten mir immer noch viele ungelöste Fragen durch den Kopf.

Warum hatte Rhys nicht die Gelegenheit genutzt, weitere Hexen auf die Insel zu schmuggeln, als er sich erst Zugang zum Schattenreich verschafft hatte, um Mona zu überwältigen? Wenn er das getan hätte, wäre es ein Leichtes gewesen, das Schattenreich zu besiegen und unseren Vorrat an Menschen anzuzapfen.

Und warum entführte er gerade mich? Warum würden die Hexen die Gelegenheit, die Insel zu übernehmen, ungenutzt lassen und stattdessen mich, ein schwaches Menschenmädchen, entführen?

Das machte alles keinen Sinn.

Mein Blut kochte immer noch vor Wut über den Zauberer. Ich fühlte mich fast so verärgert wie in der Zeit, als ich geglaubt hatte, dass Caleb mich angelogen hatte. Nur dass ich bei ihm nun wusste, dass ich falsch gelegen hatte.

Caleb war mit mir durch das Tor gesprungen und ich hatte keine Ahnung, was sich auf der anderen Seite befinden mochte. Ich dachte, dass wir vielleicht auf Stellans oder sogar auf Calebs Insel ankommen würden. Aber als wir das Ende des Tunnels erreicht hatten, landete ich auf feuchtem Erdboden. Ich schnappte nach Luft. Sie war drückend und feucht. Eine Symphonie aus Zirpen, Summen und Flattern dröhnte in meinen Ohren. In der Ferne hörte ich ein tosendes Wasserrauschen.

Ich öffnete die Augen und versuchte, mich an die Dunkelheit zu gewöhnen. Wir waren auf dem Boden eines Dschungels gelandet. Büsche mit scharfkantigen Blättern umringten uns. Ich starrte in das Blätterdach hinauf – so dicht, dass das Mondlicht nur durch wenige kleine Öffnungen drang.

Caleb stand wenige Meter von mir entfernt und blickte sich um. Er kam zu mir und nahm meinen Arm, um mir aufzuhelfen. Da ich mein Bein immer noch nicht benutzen konnte, stützte ich mich auf ihn.

»Wo sind wir?«, flüsterte ich.

Bevor er antworten konnte, raschelte es in den Büschen links von uns. Ich schrie auf, als ich mich plötzlich einem wilden Eber gegenüber sah. Caleb umfasste meine Taille und warf mich über seine Schulter. Ich schlang meine Beine um seinen Rumpf und er rannte los.

»Wir müssen uns so weit wie möglich von diesem Tor entfernen«, sagte er, wobei seine Brust sich schnell hob und senkte, während wir vorwärts preschten. Ich umklammerte seine Schultern fester. Er lief so schnell, dass der Dschungel um uns herum nur verschwommen an mir vorbeizog und ich mich bemühen musste, nach Luft zu schnappen.

Mein Bein tat ohnehin schon weh, aber jetzt, wo es im Takt gegen Calebs Hüften schlug, wurde der Schmerz immer schlimmer. Nach etwa fünfzehn Minuten konnte ich es nicht mehr ertragen und stöhnte gequält. Er hielt an und legte mich auf dem Boden ab. Dann kauerte er sich neben mich und schob mir das rechte Hosenbein hoch. Aber die Jeans war so eng, dass er nicht an die Wunde herankam. Zu meiner Überraschung beugte er seinen Kopf zu meinem Schenkel hinab.

»Was hast du-?«

Mit den Spitzen seiner Fänge biss er durch den Stoff und streifte meine Haut leicht. Dann riss er ein Loch in meine Hose. Mit seinen Klauen arbeitete er sich um das Hosenbein herum und riss den Stoff weg. Nun hatte er freien Blick auf meine Verletzung.

Sein Atem stockte. Ich wagte es nicht, nach unten zu schauen. Der Schmerz war so schon schlimm genug und ich fürchtete, erneut das Bewusstsein zu verlieren, wenn ich sah, was für eine matschige Wunde der Stiefel des Zauberers hinterlassen hatte. Also richtete ich meinen Blick starr auf Calebs Gesicht.

Er fuhr seine Klauen aus und ritzte sich mit einer in die Handfläche.

Dann fasste er mir mit der anderen Hand unter meinen Kopf, stützte mich und hielt mir seine blutige Hand an die Lippen.

»Trink.«

Ich hatte mich bislang immer geweigert, das Blut meiner Eltern zu trinken, von Calebs Blut ganz zu schweigen. Aber ich hatte solche Schmerzen, dass selbst ich nicht stur genug war, um ihn zurückzuweisen. Ich legte meine Hand um seinen Unterarm und spürte, wie sich seine Muskeln unter meiner Berührung anspannten. Ich fuhr mit meiner Zunge vorsichtig über seine Handfläche und trank sein Blut wie eine kleine Katze, die Milch schlabberte.

Dabei hielt ich mir die Nase zu, um den Geschmack nicht zu spüren, aber er war so stark, dass ich ihn trotzdem schmeckte.

Caleb ließ mich mehrere Minuten lang trinken. Schließlich ließ er meinen Kopf los und erlaubte mir, mich aufzusetzen. Aber sobald ich es tat, drehte sich mir der Magen um und ein Brennen stieg in meinem Hals auf. Auf alle viere gestützt würgte ich den Rest meines letzten Essens hoch und spuckte es auf den Boden. Spinatlasagne gemischt mit Vampirblut. *Lecker.*

Caleb legte mir einen Arm um die Taille und drängte mich, aufzustehen. Ich stöhnte, weil ich den Schmerz schon vorausahnte, aber ich konnte mich gerade hinstellen, ohne mich auf ihn zu stützen. Ich blickte auf mein Knie hinunter. Es sah ziemlich normal aus. Meine Haut war schmutzig und blutverschmiert, aber sie schien unverletzt zu sein. Ich fuhr mir mit der Hand über mein Gesicht und meine Arme, dann über meine Unterlippe. Alle Kratzer schienen verschwunden zu sein.

Ich sah zu Caleb hinauf, der mich ungeduldig anschaute. Dann fuhr ich mir schnell mit dem Ärmel über den Mund, falls ich noch irgendwo Erbrochenes hängen hatte. Nicht gerade die Erscheinung, die ich mir in meinen Träumen für ein Wiedersehen mit Caleb gewünscht hatte.

»Ich habe solchen Durst«, krächzte ich und merkte erst jetzt, wie ausgetrocknet ich mich fühlte, wo ich gerade die noch verbleibende Flüssigkeit in mir herausgespuckt hatte.

Schweigend beugte er sich vor und hob mich wieder auf seinen Rücken. Dann lief er los.

»Wo sind wir?«, fragte ich.

»Ich weiß es nicht.«

»Wer ist dieser Zauberer? Warum hast du mich gerettet? Was war diese Insel? Und was hast du dort getan?« Ein paar der Fragen, die mir im Kopf herumschwirrten, schossen gesammelt aus meinem trockenen Mund. Und Caleb antwortete auf keine einzige. Er schwieg, während er weiter durch den Dschungel raste.

Als ich ihn weiter bedrängte, sagte er nur: »Nicht jetzt.«

Mir tat der Hals zu weh, um mich mit ihm herumzustreiten. Ich musste mir meine Worte aufheben, falls ich sie später noch brauchte.

Es war wahrscheinlich ganz gut, dass es um uns herum so dunkel war und es mir schwerfiel, irgendetwas zu erkennen. Die verstörenden Geräusche, die uns umgaben – von Raubtieren und tropischen Insekten – machten mir klar, dass wir uns in einem wilden Dschungel befanden und ich wohl laut aufschreien würde, wenn ich all die Kreaturen um uns herum sehen könnte. *Manchmal ist es besser, unwissend zu sein.*

Je weiter Caleb lief, desto lauter wurde das Geräusch des Wassers. Schließlich hielt er erneut an. Er setzte mich ab und nahm meinen Arm. Dann führte er mich einen Hang zu einem tosenden Fluss hinunter. Ich ließ ihn los und ging vorsichtig ans Flussufer.

»Vorsichtig«, sagte er. »Es ist rutschig.«

Ich versuchte, seinen Rat zu beachten, aber ich war unglaublich durstig. Der Anblick des Wassers ließ mich den Schmerz in meinem Hals nur noch mehr spüren. Auf einem schlammigen Stein rutschte ich aus und glitt in den Fluss. Das Wasser hatte mich bereits untergetaucht, bevor ich mich ans Ufer zurückkämpfen konnte, und ein tosender Strudel riss mich fort. Als ich wieder auftauchte, war ich bereits einige Meter vom Ufer entfernt und wurde schnell weiter weggerissen. Alles war so schnell passiert, dass mein Körper noch nicht reagiert hatte.

Caleb war schon ins Wasser gesprungen. Seine starken Arme kraulten durch die Wellen, während er auf mich zukam. Aber der Fluss war so gewaltig, dass er selbst Caleb zu schaffen machte.

Er fluchte.

»Sieh nicht hinter dich, Rose«, schrie er. »Schau mich an. Ich komme dich holen.«

»Was-« Ich prustete und schluckte Wasser.

Wie kann er nur so etwas in so einem Moment sagen und erwarten, dass ich ihm gehorche?

Ich warf einen Blick über meine Schulter. Und wünschte mir sofort, auf ihn gehört zu haben. Das Mondlicht spiegelte sich auf schleimigen Schuppen, die in Schlängellinien auf mich zuschwammen.

Ich quietschte. Ein Alligator.

»Sieh mich an«, schrie Caleb. »Sieh mich an, Rose.«

Ich zwang mich, mich wieder umzudrehen und zu Caleb zu schauen. Ich starrte in seine braunen Augen. Augen, die mich in den letzten Wochen verfolgt hatten. Augen, von denen ich nun glaubte, dass sie das Letzte waren, was ich in meinem Leben sehen würde. Mir wurde klar, dass ich nichts anderes lieber angeschaut hätte. Ich konnte ihn ewig so ansehen. Wenn nicht gerade ein riesiges Reptil von hinten auf mich zukäme, das mich lebendig fressen würde. Es wäre so viel leichter gewesen, seiner Anweisung zu folgen.

»Caleb«, schrie ich. »Hilfe!«

»Ich komme zu dir. Sieh mich an. Ich werde nicht zulassen, dass dir etwas passiert.«

Ein weiterer Sog drückte mich unter Wasser. Ich hatte Angst, dass ich direkt neben der Bestie auftauchen würde, vielleicht sogar direkt unter ihr. Aber ich tauchte etwa drei Meter entfernt wieder auf. Ich versuchte, mich umzudrehen und Caleb zu finden. Auch er war von dem

Sog erfasst worden und tauchte nun nur wenige Meter von mir entfernt wieder auf. Mit wenigen kräftigen Zügen hatte er mich erreicht. Und dann schlang sich sein starker Arm um meine Taille und half mir, auf seinen Rücken zu klettern. Ich war davon ausgegangen, dass er sich umdrehen und in die andere Richtung schwimmen würde, aber zu meinem Entsetzen schwamm er direkt auf das Monster zu.

»Caleb! Was willst du-« Aber es war zu spät.

Die Kreatur schnellte vorwärts und hielt wenige Zentimeter vor uns. Ich schloss die Augen und vergrub mein Gesicht in Calebs Nacken.

Der Alligator brüllte und als ich wenige Sekunden später wagte, die Augen zu öffnen, blutete das Reptil aus den Augenhöhlen. Caleb hatte ihm die Augen herausgerissen und die Bestie wand sich gequält. Caleb drehte sich um und schwamm gegen den Strom. Ich spürte, wie sich sein ganzer Körper anspannte – seine Muskeln kämpften gegen diesen schrecklichen Fluss an, der so versessen darauf war, uns zu ertränken. Aber Caleb gewann. Mühsam und langsam, aber wenige Minuten später krochen wir ans Ufer. Ich rollte von ihm herunter und legte mich keuchend auf den Boden.

Als ich zu Caleb hinüberschaute, schrie ich auf und zeigte auf seine Schulter.

»Was ist dieses schwarze Ding?«

Er blickte auf seine Schulter. »Ein Blutegel«, sagte er. Ich dachte, dass er ihn sich sofort abstreifen würde. Aber stattdessen beugte er sich über mich und begann, mit seinen Händen über meine Arme zu fahren. Ich erschauderte, als seine Hände auch meine Beine abstreiften, dann den Saum meiner zerrissenen Jeans hinauffuhren und meine Oberschenkel berührten. Dann hob er mein nasses T-Shirt an, um meinen Bauch zu begutachten. Ich schrie erneut, als ich einen schwarzen Egel entdeckte, der genau unter meinem Bauchnabel an meiner eigenen Haut saugte.

»Lehn dich zurück«, befahl er.

Ich lehnte mich zurück, aber nur soweit, dass ich noch sehen konnte, was er mit dem Egel tat. Ich schnappte nach Luft, als er seinen Mund an meinen Bauch legte und mit den Lippen den Egel umschloss. Ich erschauderte, als seine Lippen meine Haut berührten. Dann spürte ich einen kurzen stechenden Schmerz.

Er saugte den Egel von meiner Haut weg und warf ihn über seine Schulter nach hinten. Er sprang auf und entfernte sich einige Meter von mir, um sich den Mund mit dem Handrücken abzuwischen und auf den Boden zu spucken. Wahrscheinlich versuchte er, jeglichen Rest von meinem Blut zu entfernen, das in seinen Mund gelangt war. Ich konnte mir nicht vorstellen, wie viel Selbstkontrolle es ihm abverlangte, das zu tun. Ich wusste, dass er sowieso schon nach meinem Blut hungerte. Wenn er auch nur einen Tropfen meines Bluts probierte, würde er sich vielleicht nicht davon abhalten können, mich auszusaugen.

»Du solltest unter deiner Kleidung nachsehen«, sagte er und warf mir einen kurzen Seitenblick zu.

Dies war nicht der richtige Zeitpunkt, um meine Tugend zu bewahren oder die Schüchterne zu spielen. Er drehte sich um, während ich mich bis auf den Bikini auszog. Zum Glück fand ich nach ausführlicherer Untersuchung keine weiteren Blutsauger an mir. Ich zog mir meine Jeans wieder an.

»Okay, ich habe nichts gefunden«, sagte ich. »Du kannst dich wieder umdrehen.«

Aber er regte sich nicht. Ich ging zu ihm und sah, dass er damit beschäftigt war, einen besonders großen Egel zu entfernen, der sich über seinem Bauchnabel festgesaugt hatte. Er packte seinen Kopf und quetschte das Blut aus ihm heraus, bevor er ihn in die Büsche warf.

»Wie viele hattest du?«

»Nur zwei.« Er sah stirnrunzelnd auf meinen Bauch. »Heb dein Shirt nochmal hoch.«

Ich schob den Stoff hoch und blickte auf die Wunde, die der schwarze Egel mir verursacht hatte. Blut floss heraus und schien nicht zu gerinnen. Seine Wunde blutete ähnlich. Ich dachte, dass er sich vorbeugen und sich die Wunde genauer ansehen würde, aber stattdessen entfernte er sich schnell einige Meter von mir.

Er rang mit sich. Ich war ein Essen auf zwei Beinen für

ihn. Er drehte mir den Rücken zu, seine Schultern bebten und er bemühte sich, die Kontrolle wiederzuerlangen. Schließlich wandte er sich mir wieder zu und richtete seinen Blick angestrengt auf mein Gesicht, um nicht auf das Blut zu schauen, das mein Shirt befleckte.

»Du wirst wieder von meinem Blut trinken müssen«, sagte er immer noch unregelmäßig atmend. Er streckte eine Klaue aus und setzte an, sich in die Handfläche zu ritzen.

»Nein«, sagte ich schnell, weil ich nicht wieder erbrechen wollte. »Schneide dich nicht. Meine Wunde wird schon heilen.«

»Aber nicht schnell genug. Die Egel spritzen ein gerinnungshemmendes Mittel, das verhindert, dass dein Blut gerinnen kann.«

Als ich zögerte, stöhnte er genervt. Er stand auf und entfernte sich von mir.

»Warte«, sagte ich. »Lass mich nicht allein!«

»Ich lasse dich nicht allein«, zischte er. »Bleib einfach hier. Wenn du nicht von meinem Blut trinkst, muss ich etwas anderes finden, um deine Blutung zu stoppen, oder ich werde dein Blut selbst trinken und dann wirst du kein Blut mehr zum Gerinnen übrig haben. Vertrau mir. Im Gegensatz zum Egel gibt es bei mir kein Mittel, um mich von dir zu lösen, wenn ich die Kontrolle verliere.«

Ich blickte ihm nach, als er im Wald verschwand. Nun bereute ich, dass ich nicht einfach wieder von seinem Blut getrunken hatte. Erleichtert atmete ich auf, als er nur kurze Zeit später zurückkam und eine Handvoll dünner Blätter mitbrachte. Er wahrte immer noch Abstand und begann, drei der Blätter in den Mund zu nehmen und zu kauen.

»Was ist-?«

Er nahm die Blätter – die nun zu einem matschigen Brei geworden waren – aus seinem Mund und kam auf mich zu. Er schluckte, als er neben mir stehenblieb. Er hob mein Shirt hoch und legte mir den Brei auf die Wunde.

»Drück die Blätter auf die Wunde«, sagte er.

Sobald ich meine Hand auf die Blätter gelegt hatte, wandte er mir wieder den Rücken zu.

»Es wird die Gerinnung beschleunigen«, sagte er.

»Oh, danke«, sagte ich und sah den klebrigen Brei an. »Und was ist mit dir?« Ich sah zu ihm, weil er keine Anstalten machte, seine blutende Schulter zu versorgen.

»Es ist nicht schlimm, dass ich blute.«

»Für mich ist es schlimm«, murmelte ich.

Er ignorierte mich. Wir schwiegen. Er ging vor mir auf und ab, wie ein Panther, der sein Territorium beschützte. Wahrscheinlich wartete er darauf, dass mein Blut gerann.

Ich hatte richtig gelegen. Wenige Minuten später sah er mich wieder an.

»Schau dir die Wunde an.«

Ich zog die Blätter ab. Das Blut war geronnen, so wie Caleb es gesagt hatte.

»Sieht gut aus.«

»Dann müssen wir weiter.« Er kam auf mich zu und beugte sich vor mir. »Steig auf.«

Ich schlang meine Beine um seine Taille. Er richtete sich auf und rannte erneut durch die Wälder. Ich hatte den Brei immer noch in der Hand, also legte ich ihn auf seine Schulter. Ich blickte in sein Gesicht, um seine Reaktion zu sehen, aber sein Kiefer zuckte nur kurz und er sagte nichts weiter.

Während er rannte, hielt ich ihm die Paste auf die Schulter gedrückt, bis seine Wunde aufhörte zu bluten. Dann warf ich die Blätter weg.

Ich legte meinen Arm wieder um ihn.

»Du weißt immer noch nicht, wo wir sind? Sind wir überhaupt auf der Erde?«

»Ja, wir sind im Königreich der Menschen.«

»Wohin gehen wir?«

»Ich weiß es nicht«, keuchte er.

Ich beschloss, ihm keine weiteren Fragen zu stellen. Zumindest für den Moment. Er schien genauso ahnungslos zu sein wie ich, was unseren Standort anbetraf, und er musste sich darauf konzentrieren, uns aus diesem Dschungel herauszuführen, bevor der Tag anbrach und die Sonne ihm alle Kraft entzog.

Die folgenden Stunden verstrichen schweigend. Wir hielten nicht mehr an. Ich schätzte, dass das gut so war. So schnell, wie Caleb rannte, konnten keine Moskitos und andere hässlich aussehenden Insekten auf mir landen. Ich hörte mehrfach ein schrilles Summen in meinen Ohren, als wir durch dichte Wolken von Insekten rannten, aber dank Calebs Schnelligkeit gelang es keinem, mir etwas zu tun.

Ich wusste nicht, wie ich es schaffte, aber als ich meinen Kopf an Calebs Rücken lehnte, seinem schweren Atem lauschte und seinen starken Körper so nah an mir spürte, wurde ich von Erschöpfung überwältigt und schlief ein.

***

Ich wachte auf, als starke Hände meine Schultern rüttelten. Ich setzte mich mit einem Sprung auf und blickte mich verwirrt um. Wo war ich und warum sah ich Calebs Gesicht vor mir? Ich brauchte ein paar Sekunden, um mich wieder zu erinnern. Ich lag auf dem Boden, Caleb beuge sich über mich und künstliches Licht warf Schatten auf sein verschwitztes Gesicht. Uns umgab der Lärm der Zivilisation, nur wenige Meter entfernt. Wir befanden uns in einer Hecke und wenige Meter weiter sah ich eine Betonstraße, die von Lampen beschienen wurde. Etwas weiter entfernt erkannte ich einen Markt.

Ich blickte zum Himmel. Am Horizont würde bald das Morgengrauen anbrechen.

»Wo-?«

»Wir haben eine Stadt erreicht«, flüsterte er.

»Oh… Oh Gott sei Dank.« Ich versuchte, aufzustehen, aber er drückte mich nach unten.

»Du musst hier warten«, sagte er. »Schaffst du das?«

»Wie lange?«

»Zehn, fünfzehn Minuten. Bleib im Schatten der Bäume. Sorg dafür, dass du nicht gesehen wirst. Okay?«, sagte er.

»O-okay.«

Ich kroch weiter in die Hecke hinein und spähte durch ein Blätterloch, um zu sehen, wie Caleb über die Straße lief und auf den Markt zustrebte. Ich hielt den Atem an und versuchte zu verstehen, wo um alles in der Welt wir waren. Ich hörte, wie sich Schritte nur wenige Meter entfernt auf der Straße näherten.

Die Stimmen zweier Männer drangen an meine Ohren. Ich verstand nicht, was sie sagten, aber es klang wie eine menschliche Sprache. *Wir sind auf jeden Fall auf der Erde, wie Caleb gesagt hat. Aber wo?* Ich musste wohl warten, bis Caleb zurückkehrte.

Zwar hatte ich keine Uhr, aber ich fühlte, dass Caleb sich an sein Versprechen gehalten hatte. Innerhalb von fünfzehn Minuten kroch er in die Büsche und ließ sich neben mir fallen. Er stellte eine volle Plastiktüte neben sich ab. Dann packte er sie nach und nach aus und reichte mir einige Sachen, andere legte er sich auf den Schoß.

»Wie hast du-?«

»Es gab ein paar Frühaufsteher auf dem Markt«, war seine einzige Erklärung.

»Du hast sie beklaut«, raunte ich. Er nickte. Vampiren fiel es wahrscheinlich nicht schwer, als Diebe zu agieren, schließlich waren sie außergewöhnlich schnell und geschickt.

Als er fertig war, lag vor mir eine reife Papaya, etwas Wasser, eine Zahnbürste, Zahnpasta und ein Baumwollnachthemd. Auf seinem Schoß lagen eine Plastiktüte mit frischem Fisch, ein schwarzes Portmonee und eine weitere Plastiktüte.

Er biss in den Fisch und saugte ihm das Blut aus. Die Reste warf er in die Büsche. Er schien sehr hungrig zu sein. Mit ähnlichem Drang stürzte ich mein Wasser hinunter und hatte in weniger als einer Minute einen halben Liter getrunken. Dann machte ich mich über die Papaya her.

Aber ich wusste nicht, wie ich sie öffnen sollte, ohne mich einzusauen. Ich blickte zu Caleb.

»Könntest du mir helfen?«

Mit einer Klaue teilte er die Frucht in vier Stücke. Hungrig biss ich in das süße Fruchtfleisch und hatte die Papaya schnell aufgegessen. Dann schaute ich auf die Zahnbürste und das Nachthemd.

»Was nun?«, fragte ich, als er das Fischblut ausgetrunken hatte. Er öffnete das Portmonee, zog Geldscheine daraus hervor und begann, sie zu zählen.

Ich blickte auf die Währung. »Wir sind in-«

»Brasilien. Am Rande der Stadt Manaus.«

Brasilien. Nun, das erklärte zumindest den Dschungel. Das Tor befand sich im Herzen des Amazonas.

»Zieh dir das Nachthemd über deine Kleidung«, sagte er.

Ich blickte an mir herunter. Das machte Sinn. Ich sah aus, als ob ich einem Horrorfilm entsprungen war. Ich zog mir das Kleid über den Kopf und versuchte, mein Haar so ordentlich wie möglich zusammenzubinden, damit ich nicht ganz so zerzaust aussah.

Ich blickte zu Caleb. Auch er sah kaum präsentabel aus. Ohne Hemd. Seine Brust war mit Blutflecken und Schmutz bedeckt, nachdem er stundenlang durch den Urwald gehetzt war. Sein Haar war völlig verworren und seine Hose zerrissen. Er sah genauso schrecklich aus wie ich.

»Und was ist mit dir?«

Er griff nach der verschlossenen schwarzen Plastiktasche und zog Shorts und ein frisches schwarzes Shirt hervor. Er ging zu einer nahegelegenen Baumgruppe und verschwand. Als er zurückkam, trug er die neuen Sachen.

»Okay«, sagte er. »Lass uns gehen.« Er packte meinen Arm und zog mich vorwärts.

»Warte«, sagte ich und zog an seinem Ärmel. »Beug deinen Kopf nach vorn.«

Er sah mich stirnrunzelnd an, gehorchte aber. Als sein Kopf vor mir ruhte, fuhr ich mit den Fingern durch sein dichtes, dunkles Haar. Ich versuchte es etwas zu ordnen und fischte Blätter und Zweigstückchen heraus. Ich schrie beinahe auf, als eine kleine rote Spinne über meinen Finger lief und dann tiefer in Calebs Haare krabbelte. Ich hob einen kleinen Zweig vom Boden auf und fuhr ihm damit durchs Haar, um das Tierchen wiederzufinden. Dann gelang es mir, es wegzustreichen.

»Caleb«, flüsterte ich ängstlich. »Kannst du meine Haare nach Spinnen durchsuchen?«

Er stand auf und zog meinen Kopf zu sich. Dann strich er mit seinen starken Fingern durch mein Haar und durchkämmte es.

»Keine Spinnen. Alles in Ordnung? Wir müssen los.«

»In Ordnung«, sagte ich erleichtert.

Ich nahm seine Hand, hob meine Zahnpasta und Zahnbürste hoch und wir traten aus dem Dickicht auf die Hauptstraße. Zum Glück reichte mir das Nachthemd bis über die Füße, denn ich hatte keine Schuhe an.

Caleb führte mich über die Straße und wir betraten den Markt. Dann gingen wir an ein paar Gebäuden vorbei, bis wir ein großes Haus mit einem Schild über dem doppeltürigen Eingang sahen.

Hostel Amazonas.

Caleb legte einen Arm um meine Taille und zog mich

an sich, während wir die Treppen hinaufstiegen und in die Lobby traten. In einer Ecke stand ein kleiner Empfangstisch, hinter dem eine ältere Frau Zeitung las. Sie sah durch ihre Brille zu uns auf, als wir vor dem Tisch stehenblieben.

Caleb nahm eine Broschüre vom Tisch und blätterte sie durch.

»Ein Zimmer, bitte.«

»*Sala privada? Para dois?*«, fragte die Frau und hielt zwei Finger hoch.

Caleb nickte und legte ein paar Geldscheine auf den Tisch.

Sie nahm das Geld und zählte. »*Uma noite*«, raunte sie. Dann gab sie uns den Schlüssel und zeigte auf die Nummer, die auf dem Schlüsselschild eingebrannt war. »*Vinte.*«

Caleb nahm den Schlüssel und zog mich vom Tisch fort. Dann stiegen wir die Treppe hinauf, die sich in der Mitte der Eingangshalle befand. Zwei Etagen höher fanden wir Zimmer Nr. 20.

Er öffnete die Tür und verriegelte sie, sobald wir eingetreten waren. Ich blickte in das kleine Zimmer. Es sah aus wie ein einfaches Motelzimmer – ein kleines Doppelbett, ein abgenutzter Stuhl, ein altes Telefon und ein eigenes Bad. Es war einfach, sah aber sauber aus. Vor allem war ich dankbar für die Moskitonetze, die vor den

Fenstern und über dem Bett angebracht waren.

Das Schloss klickte, als Caleb die Tür abschloss. Er ging im Zimmer umher, zog die Vorhänge zu und verdunkelte den Raum völlig. Dann drückte er auf den Lichtschalter an der Wand und eine Neonlampe flackerte auf. Erst dann wandte er mir sein Gesicht zu. Es war das erste Mal seit unserem Wiedersehen, dass wir uns gegenüberstanden, ohne von Gefahren abgelenkt zu werden. Es fühlte sich eigenartig an. Ich wich seinem Blick aus und ging ins Bad.

»Ich brauche eine Dusche«, murmelte ich.

Ich schloss mich in dem kleinen Bad ein und zog mich aus. Ich legte meine abgewetzte Kleidung in einen Korb, der in der Ecke stand und betrat die Dusche.

Es gab kein heißes Wasser, aber das war auch nicht nötig. Ich war froh, dass mir nach der Hitze des Dschungels kaltes Wasser den Rücken herunterlief. Ich fürchtete, doch noch Egel an mir zu finden, tat es aber zum Glück nicht. Ich blickte auf den Boden der Dusche und war erstaunt, wie viel Dreck von mir nach unten strömte.

Ich seifte mich von Kopf bis Fuß ein und wusch mir die Haare mit einem billigen Shampoo, das am Duschrand stand. Dann trat ich aus der Dusche, trocknete mich ab und zog mir das Nachthemd über. Ich wickelte mir das kleine Handtuch um die Haare und rollte es zu einem Turban auf. Nachdem ich noch eine Minute länger gezögert hatte, verließ ich das Bad und betrat das Zimmer wieder.

Caleb saß in einer Ecke des Zimmers auf dem Stuhl und betrachtete die Broschüre, die er von der Rezeption mitgenommen hatte. Ich näherte mich ihm langsam und sah, dass er die dort abgedruckte Karte musterte. Er stand auf und ließ mich im Zimmer zurück, während er duschen ging. Ich wartete schweigend auf ihn, lauschte dem laufenden Wasser und sah mir die Karte an.

Als er aus dem Bad trat, trug er seine Shorts. Sein Oberkörper war nackt und Wasser tropfte aus seinen Haaren. Er blieb mitten im Zimmer stehen und sah mich ernst an.

Mir schwirrten so viele Fragen im Kopf umher. Aber ich war mir nicht sicher, ob er auf sie vorbereitet war. Verdammt. Ich war mir ja nicht einmal sicher, ob *ich* auf sie vorbereitet war.

»Was jetzt?«, fragte ich.

»Wir bleiben ein paar Stunden in diesem Zimmer. Ruhen uns aus. Dann müssen wir weiter. Dies ist die Stadt, die dem Tor am nächsten liegt. Es ist nicht sicher, hier zu bleiben.«

»Aber wo gehen wir hin?«

»Du musst zurück ins Schattenreich.«

Ich biss mir auf die Lippe.

»Caleb, was hast du dort gemacht, auf dieser seltsamen Insel? Und warum hast du mich wieder gerettet?« Er ging zum Fenster und wandte mir den Rücken zu. »Ich dachte, dass du nicht bereit warst, noch einmal etwas für mich zu riskieren… für uns?«

Sein Rücken hob sich und seine Muskeln zeichneten sich unter seiner Haut ab.

»Das war ich auch nicht.«

»Und?«

Er hielt inne. Dann räusperte er sich. »Uns bleibt hier nicht viel Zeit. Wir sollten uns lieber ausruhen, statt zu reden.«

»Du kannst mich nicht länger im Dunkeln halten. Ich kann nicht eher schlafen, bis ich weiß, was los ist.«

Er sah mich wütend an und blickte auf meine nackten Arme.

»Kriech zuerst unter das Moskitonetz.«

Ich krabbelte aufs Bett und steckte das Moskitonetz rings um mich fest. Ich saß im Schneidersitz auf der Matratze und sah ihn erwartungsvoll an, während er sich wieder auf den Stuhl setzte.

»Erstens weiß ich nicht, was der Zauberer, Rhys, von dir wollte. Zweitens, ich war dort, weil ich die Insel mit Annora besucht habe.«

»Was ist diese Insel? Und warum hat Rhys mich gerade dorthin gebracht?«

Er zögerte, dann öffnete er den Mund, verschloss ihn aber wieder.

»Es ist am besten, wenn du nicht weißt, was sich auf dieser Insel befindet. Du brauchst nur zu wissen, dass es nichts Gutes ist. Ich weiß nicht, was sie mit dir vorhatten oder warum Rhys dich entführt hat.«

»Was geschieht jetzt? Wird Rhys uns verfolgen?«

»Oh ja. Da kannst du dir sicher sein. Deshalb können wir nicht länger als ein paar Stunden hierbleiben.«

»Was wird er tun, wenn er – wenn sie – herausfinden, dass du sie verraten hast? Und was wirst du tun?«

Caleb befeuchtete seine Unterlippe und sein Adamsapfel bewegte sich, als er schluckte. »Es gibt nichts, was ich tun kann.«

»Warum hast du das für mich getan?«, fragte ich.

Er rutschte angespannt auf seinem Stuhl umher. »Es war wahrscheinlich ein weiterer Fehler.«

»Du hast es aber trotzdem gemacht und vorher kaum einen Augenblick gezögert.«

»Ja«, sagte er und starrte auf die gegenüberliegende Wand.

Ich dachte an die Nacht zurück, in der Mona in unsere Wohnung gestürmt war und behauptet hatte zu spüren, dass ein Zauber auf meinen Eltern lag. Es war mir damals schon eigenartig vorgekommen. Aber jetzt stieg eine ganz klare Vermutung in mir auf. »Caleb, hast du Mona bezüglich meiner Eltern gewarnt?«

Sein Schweigen war mir Antwort genug.

Ich konnte nicht an mich halten. Ich krabbelte unter dem Moskitonetz hervor und lief zu ihm. Dann kniete ich mich hin und ergriff seine Hand.

»Caleb, du kannst mit mir zurückkommen. Ich weiß, dass sich Mona für dich einsetzen wird. Und dass du mich ein zweites Mal zurückbringst… das ist doch kein Zufall. Mona und ich werden hinter dir stehen und meine Eltern können nicht ablehnen. Sie werden einfach zu erleichtert sein, dass ich wieder da bin. Warum kommst du nicht mit mir?«

Er wich meinem Blick aus.

»Wenn du es nicht tust«, sagte ich mit zitternder Stimme, »wirst du sterben. Du hast keine andere Wahl. Selbst wenn du Rhys entkommst, bleiben dir nur sieben Tage. Komm ins Schattenreich und Mona wird den Fluch aufheben. Du kannst bei uns leben.«

Ich war aufgeregt und begeistert. Ich legte meine Hand auf seine Schulter und endlich sah er mich an.

Er stand auf und zog mich auf die Beine. Dann hob er mich in seine Arme und legte mich aufs Bett. Er stopfte wieder das Moskitonetz um mich herum und blieb vor dem Bett stehen.

»Ruh dich aus, Rose. Wir werden darüber sprechen, wenn du aufwachst.«

Ich streckte meine Hand aus und wollte ihn berühren, ihm versichern, dass alles gut werden würde, wenn er zu uns käme.

Aber ich gehorchte ihm.

Ich legte meinen Kopf auf das raue Kissen und die Erschöpfung überkam mich erneut. Ich blickte auf Calebs Umriss in der Zimmerecke, bis mir die Augen zufielen.

Als ich eindöste, stellte ich mir vor, wie es wäre, wenn er mit mir ins Schattenreich kommen würde. Ich stellte mir vor, wie wir am Hafen ankamen. Wir würden sofort zu meinen Eltern gehen. Mona würde mir helfen, ihnen zu erklären, dass alles nur ein großes Missverständnis gewesen war. Dass Caleb ein guter Mann war. Ein Mann, der mehr verdiente als das, was ihm bislang widerfahren war.

Viel mehr.

Caleb

Ich schob meinen Stuhl näher zu ihr, als sie eingeschlafen war. Ich wollte ihre Schönheit in mir aufnehmen, die sanfte Röte ihrer Wangen und wie ihre Lippen sich leicht öffneten, wenn sie einatmete.

Es war in so kurzer Zeit so vieles passiert, dass ich selbst noch völlig überwältigt war, um ehrlich zu sein.

Roses Vorschlag, mit ihr ins Schattenreich zurückzukehren, war in der Tat meine einzige Option, wenn wir den Weg überlebten. Und selbst dann gab es keine Garantie dafür, dass wir rechtzeitig ankommen würden. Ich war immer noch an Annoras Sieben-Tage-Fluch gebunden. Ich studierte die Karte und überlegte, wohin wir uns richten sollten. Wir hatten keine Pässe. Rose hatte kein spezielles Handy bei sich, mit dem sie sich mit dem Schattenreich in Verbindung setzen konnte. Wir mussten uns so schnell wie möglich auf die andere Hälfte des Kontinents begeben und dann ein Boot stehlen, um die restliche Strecke zur Insel zurückzulegen. Ich hatte keine Ahnung, wie lange wir dafür brauchen würden. Vieles konnte auf dem Weg schiefgehen. Ich musste mich tagsüber mit der Sonne herumschlagen. Wir mussten den Großteil der Strecke nachts hinter uns bringen und tagsüber die Sonne meiden. Und ich reiste mit Rose – einem zerbrechlichen Menschenmädchen. Aber das waren noch unsere geringsten Sorgen. Rhys war uns auf den Fersen, da war ich mir ganz sicher. Ich wusste, dass er nicht eher aufgeben würde, bis er uns aufgespürt hatte. Er war ein Medium, noch mächtiger als Annora. Er konnte in Lichtgeschwindigkeit durch den Amazonas rauschen – direkt auf uns zu.

Aber – wenn ich mich selbst mal außen vor ließ – ich musste Rose auf jeden Fall so schnell wie möglich ins Schattenreich zurückbringen. Was dabei mit mir passierte, war zweitrangig. Andererseits, wenn mir etwas zustieß, würde sie nicht überleben. Sie brauchte mich.

Mir wurde schwindelig, als ich an all die Hindernisse dachte, die uns bevorstanden. Ich fühlte mich überfordert. Aber es machte keinen Sinn, mir darum Sorgen zu machen, was uns geschehen konnte. Wir mussten einfach einen

Schritt nach dem anderen tun und unser Bestes geben, um am Leben zu bleiben.

Ich nahm erneut die Karte in die Hand und überlegte weiter, was wir als nächstes tun sollten. Bevor wir weiterreisten, musste ich mir etwas besorgen, um mich vor der Sonne zu schützen. Vielleicht einen langen Regenmantel mit Kapuze. Wir konnten es uns nicht leisten, uns nur nachts fortzubewegen. Dafür blieb uns einfach nicht genug Zeit.

Während der folgenden Stunden schmiedete ich Reisepläne. Aber Gedanken an Annora schoben sich mir ständig dazwischen. Wie ich sie so bereitwillig zurückgelassen hatte, hilflos auf dem Boden liegend. Als ob mein Instinkt mir gesagt hatte, sie für Rose zu verlassen. Ich fragte mich, was sie wohl gerade tat. Ob sie schon erwacht war oder ob sie immer noch bewusstlos und allein in dem dunklen Tunnel lag.

Als ich wieder zu Rose blickte, wurde mir klar, dass es mich nicht kümmerte, so lange sie bei mir war. Ich wusste nicht, was aus Annora werden würde, aber die Tatsache, dass ich sie so leicht aufgegeben hatte, sprach Bände. Obwohl ich mich schuldig fühlte, übertraf Rose Annora und ich hatte wenig Mitleid mit ihr, auch wenn sie mir im Kopf herumschwirrte.

Ich fragte mich, ob Rose mir auch dann mehr bedeutet hätte, wenn Annora nicht all die Dinge getan hätte, die sie getan hatte. War mein Streben, die Hexe zu heilen, nichts weiter als der Versuch gewesen, die Leere zu füllen, die Rose in mir hinterlassen hatte? Ich hatte gehofft, dass ich den Schmerz vergessen könnte, den mir die Trennung von der Prinzessin verursacht hatte, wenn ich Annora zurückbekam. Vielleicht war das alles nur ein Trick gewesen und nichts davon war wirklich Annora zuliebe geschehen, sondern nur meinetwegen.

Ich blickte auf die alte Uhr, die an der Wand hing. Es war Zeit.

Ich zog das Moskitonetz hoch. Aber bevor ich Rose weckte, beugte ich mich über sie und gab dem Drang nach, der mich befallen hatte, seit ich ihr schönes Gesicht wieder vor mir sah.

Sie zu berühren. Sie einzuatmen.

Sanft berührte ich ihre Stirn mit meinen Lippen. So sehr ich auch wünschte, dass dieser Augenblick für immer währte, löste ich mich nach drei Sekunden von ihr. Ich wollte nicht, dass sie spürte, was ich getan hatte. Das wäre nur wieder ein weiterer Fehler gewesen.

Ich richtete mich etwas auf und rüttelte ihre Schultern, um sie zu wecken.

Ihre grünen Augen öffneten sich zitternd und sie lächelte mich an.

»Caleb.« Sie streckte die Hand aus und fuhr mit ihren Fingern über meine Wange.

Ich schloss die Augen und atmete kaum. Ich musste mich sehr zusammenreißen, um mich nicht wieder nach vorn zu beugen und sie zu küssen, dieses Mal auf ihre geröteten Lippen.

Ich räusperte mich.

»Rose. Wir müssen aufbrechen. Wir haben einen weiten Weg vor uns.«

Annora

Mein Kopf brannte, als ich mich aufsetzte. Meine Muskeln fühlten sich an, als ob ich in Stücke gerissen und wieder zusammengeflickt worden wäre. Meine Knochen schmerzten. Meine Sicht war verschwommen und mein Hals ausgetrocknet. Ich streckte meine Hand aus und spürte eine Wand. Ich lehnte mich an sie und versuchte, aufzustehen. Langsam wurde mein Blick schärfer. Ich befand mich in einem dämmrig beleuchteten Tunnel. Ich fasste mir an den Kopf und glaubte, vor Schmerz wieder bewusstlos zu werden. Ich konnte kaum einen klaren Gedanken fassen.

Ich legte Zeige- und Mittelfinger auf meine Stirn und raunte einen Zauberspruch. Nichts geschah.

Wo sind meine Kräfte?

Ich müsste doch stärker als je zuvor sein.

Dann schoss mir die letzte Erinnerung vor meiner Ohnmacht durch den Kopf. Ich krümmte mich.

»Caleb«, keuchte ich.

Schmerz durchfuhr meine Brust, als ich an sein schönes Gesicht dachte, seine braunen Augen, wie er mich berührt hatte, als Lilith das Ritual vollzogen hatte. Wie er mich besorgt angesehen hatte. Mein inneres Auge konzentrierte sich auf den Mann, der all die Jahre an meiner Seite geblieben war, und mein Herz begann, wild zu schlagen. Mein Kopf fühlte sich leicht an. Caleb war mitten in meinem Herzen und hauchte meiner Seele Leben ein. Es war, als ob ich auf Wolken schwebte. Eine Wärme breitete sich in mir aus. Sie begann in meiner Brust und wanderte von dort durch meinen Körper. Ein Gefühl, das mich völlig ausfüllte, das die Erde beben ließ. Ein Gefühl, von dem ich geglaubt hatte, dass ich es nicht mehr empfinden konnte.

Was passiert hier?

Tränen stiegen in meinen Augen auf und begannen, mir die Wangen hinunterzulaufen. Ich brach auf dem Boden zusammen. Scharfe Steine schürften mir das Knie auf, das nun blutete. Aber ich spürte es kaum. Der Schmerz in meiner Brust, ausgelöst durch Calebs Abwesenheit, und die Aufregung, die durch meine Adern klopfte, hatten mich völlig vereinnahmt.

Was habe ich dir all die Jahre angetan, mein Liebster? Wie konnte ich dich nur verlieren?

Noch nie hatte sich mein Körper so schwach, so verletzlich angefühlt. Ich wusste nicht, was mit mir geschehen war. Und obwohl ich verwirrt war, weil ich meine Magie nicht anwenden konnte – ich war doch angeblich in ein Medium verwandelt worden und hätte nun noch mächtiger sein müssen – dachte ich nur an eines: Caleb.

Mein Geliebter. Mein Verlobter. Ich muss ihn finden.

Es gelang mir, wieder aufzustehen. Ich taumelte durch den Tunnel auf Liliths Kammer zu. Mit zitternden Händen fummelte ich an dem Türknauf herum und die Tür schwang auf. »Caleb!«, rief ich und blickte mich um.

Der Raum war leer. Selbst Lilith war wieder in ihre Kloake abgetaucht.

Ich schwankte in den Tunnel zurück. Ich rannte bis ans andere Ende, stieß die Tür auf und trat in die dunkle Höhle. Ich versuchte, Licht aus meinen Handflächen aufsteigen zu lassen, aber ich war wieder nicht in der Lage, meine Magie zu nutzen.

»Caleb! Caleb, ich bin es… Annora… I-ich bin zurück. Ich bin es.« Meine Stimme versagte. Ich rannte zum Eingang der Höhle.

Ich spürte einen weiteren Schlag, als ich auch dort Caleb nicht entdeckte. *Ist er fort? Wo kann er ohne mich hingegangen sein? Warum hat er mich auf dem Boden liegend zurückgelassen?*

Was habe ich ihm all die Jahre über angetan?

Ich hatte das Gefühl, von den Toten erwacht zu sein. Ich hatte vergessen, wie es sich anfühlte, zu atmen. Ich hatte alles außer der Kälte vergessen.

»Es tut mir leid«, keuchte ich und versuchte, meine Tränen zu unterdrücken. »Mein Liebster, es tut mir leid. Vergib mir. Bitte. Komm zurück.« Ich fiel auf die Knie und der Meereswind peitschte meine Haut. Ich schloss die Augen und stellte mir vor, dass Caleb vor mir stand. »Ich habe eine falsche Entscheidung getroffen«, hauchte ich. »Ich hätte auf dich hören sollen. Ich hätte mich nie aufgeben dürfen. Aber ich bin wieder da. Mein Liebster, ich bin zurück. Und ich verspreche dir, dich für den Rest meines Lebens zu lieben. Ich werde mich nicht wieder verlieren. Ich schwöre das Mädchen zu sein, das du damals heiraten wolltest. Wir werden davonlaufen. Weit weg von… allem hier. Wir werden unsere Geschichte leben.«

Obwohl mein Kopf vor Angst dröhnte, nicht zu wissen, wo er war oder warum er mich in so einem verletzlichen Zustand zurückgelassen hatte, spürte ich doch eine warme Welle des Trosts.

Ich hatte ihn in meinem Herzen wiedergefunden. Jetzt war es nur noch eine Frage der Zeit, bevor ich ihn auch in der Wirklichkeit wiederfand.

Ich wusste es einfach. Schließlich lebten wir eine unendliche Geschichte.

Vivienne

»Schlangenauge. Krähenschnabel. Krötenhaut. Rosenblut.«

Der Zauber hallte auf dem mondbeschienenen Friedhof wider.

Ein großer Mann mit schwarzen Augen schwebte wenige Zentimeter über dem Boden und rührte in einem schwarzen Kessel. Neben ihm befand sich ein grauer Grabstein. Aus dem Kessel stieg Dampf auf, schlängelte sich nach oben und bildete einen Strudel. Im Rauch tauchte eine Gestalt auf. Sie hatte mir den Rücken zugewandt. Ein strahlend weißer Umhang hing von ihren Schultern herab. Sie drehte sich langsam um und zeigte mir ihr Antlitz. Aber sie hatte kein Gesicht. Dort, wo Augen, Mund und Nase hätten sein müssen, sah ich nichts außer weicher, blasser Haut.

Ein Krachen durchfuhr die Nacht. Dann ein Zischen.

Der Grabstein sprang knarrend auf. Ein regloser Körper stieg aus ihm nach oben. Der verrottende Körper einer Frau, die den Mann klein erscheinen ließ. Ihre knochigen Beine waren fast zweimal so lang wie seine. Ihre zerrissenen Kleider bedeckten nur wenig von ihrem gammelnden Körper. Ihre schwarzen Augen funkelten im Licht des Feuers.

Sie redete in einer altertümlichen Sprache, wobei ihre Stimme klang wie kratzende Nägel.

Der Mann wandte sich ihr zu und schüttete ihr eine Kelle der kochenden Flüssigkeit in den Mund. Sie stieß einen Schrei aus, der einem das Blut gefrieren ließ. Ihr Kiefer öffnete sich und renkte sich aus, wobei die untere Hälfte nun lose an ihrem Kopf hing.

Der Kadaver wirbelte in der Luft herum, wobei sein Kopf grotesk verdreht war, und die gesichtslose Frau in Weiß kam näher zu mir. Ein Gesicht begann, sich zu formen.

Das Gesicht meiner kleinen Rose.

Tränen rannen aus ihren grünen Augen.

»Tante.«

»Vivienne, wach auf!«

Ich öffnete die Augen und schnappte nach Luft. Xavier starrte mich an, hielt meine Schultern fest und schüttelte mich. Ich befand mich in unserem Bett. Ich setzte mich auf und lehnte mich gegen das Kopfteil. Xavier sah besorgt aus – wie alle auf der Insel, seit wir wussten, dass Rose erneut verschwunden war.

Ich bedeckte mein Gesicht mit meinen Händen und versuchte, die puzzlehaften Bilder zusammenzufügen. Ich konnte kaum einen zusammenhängenden Satz formulieren. Ich dachte in Bruchstücken, und die Gedanken platzten so schnell in meinen Kopf, dass ich ihnen nicht folgen, geschweige denn sie artikulieren konnte.

»Sie wissen etwas.«

»Was?«

»Über die Zwillinge. Wir haben falsch gelegen, als wir glaubten, dass sie nicht anders sind.«

»Vivienne, wer-?«

»Wir müssen herausfinden, was die Zwillinge Besonderes an sich haben. Bevor es zu spät ist.«

Bereit für den nächsten Teil des Abenteuers von Derek, Sofia und den Zwillingen?

Das Schattenreich der Vampire 11: Beutejagd wird am 15. März 2016 veröffentlicht!

Hier eine Vorschau auf den Bucheinband (vielleicht musst du umblättern, damit er sichtbar wird):

Wir sehen uns auf der anderen Seite. ;)

Liebe Grüße
Bella x

P.S. Trage dich in meine VIP-Mailingliste ein und ich schicke dir eine Erinnerungsmail, sobald mein nächstes Buch erscheint!: www.bellaforrest.de

P.P.S. Schau doch auch mal auf Facebook vorbei. www.facebook.com/AShadeOfVampire (Du findest mich auch bei Twitter: @ashadeofvampire)

13669556R00189

Printed in Poland
by Amazon Fulfillment
Poland Sp. z o.o., Wrocław